ヤマケイ文庫

画文集 山の独奏曲

Kushida Magoichi
串田孫一

Yamakei Library

山の独奏曲

目次

装幀／著者

画文集

山の独奏曲

輪 樏

この冬の山旅に、輪樏《わかん》を携えた方がいいか、その必要はないか、私は迷っていた。大してかさばるものでもないし、目方がどうこういうほどの重さではない。だが、ひょっとすると、私が歩こうと思っている山みちには、雪はないかも知れない。あったところで、一週間か十日ほど前に降った雪が、北側の日かげに、こちこちにかたくなって残っている程度かも知れない。そうなるとこれはまったく不要なものになるし、輪樏を荷物の外側にくくりつけて歩いて行くのが、自分ながら滑稽な姿になる。

そんなことを考えると、どうも持って行きたくなくなる。私は過去の冬の山旅をいろいろ思い出した。邪魔になるかも知れないがそれを携えていたために、意外に多かった雪の谷をさっさと下ったこともある。だが、古いことを思い出して見たところで、判断の足しになんかならない。

ところがどうだ。出発の朝、普段より早起きをして雨戸をあけると雪が降っている。これではもう迷うことはない。ひょっとすると、今日の午《ひる》近くに汽車をおり、少し歩き出したところでこの輪樏をつけることになるかも知れない。

私はにこにこしながら玄関を出て足踏みをする。山靴のあとが玄関の外の、どんどん降

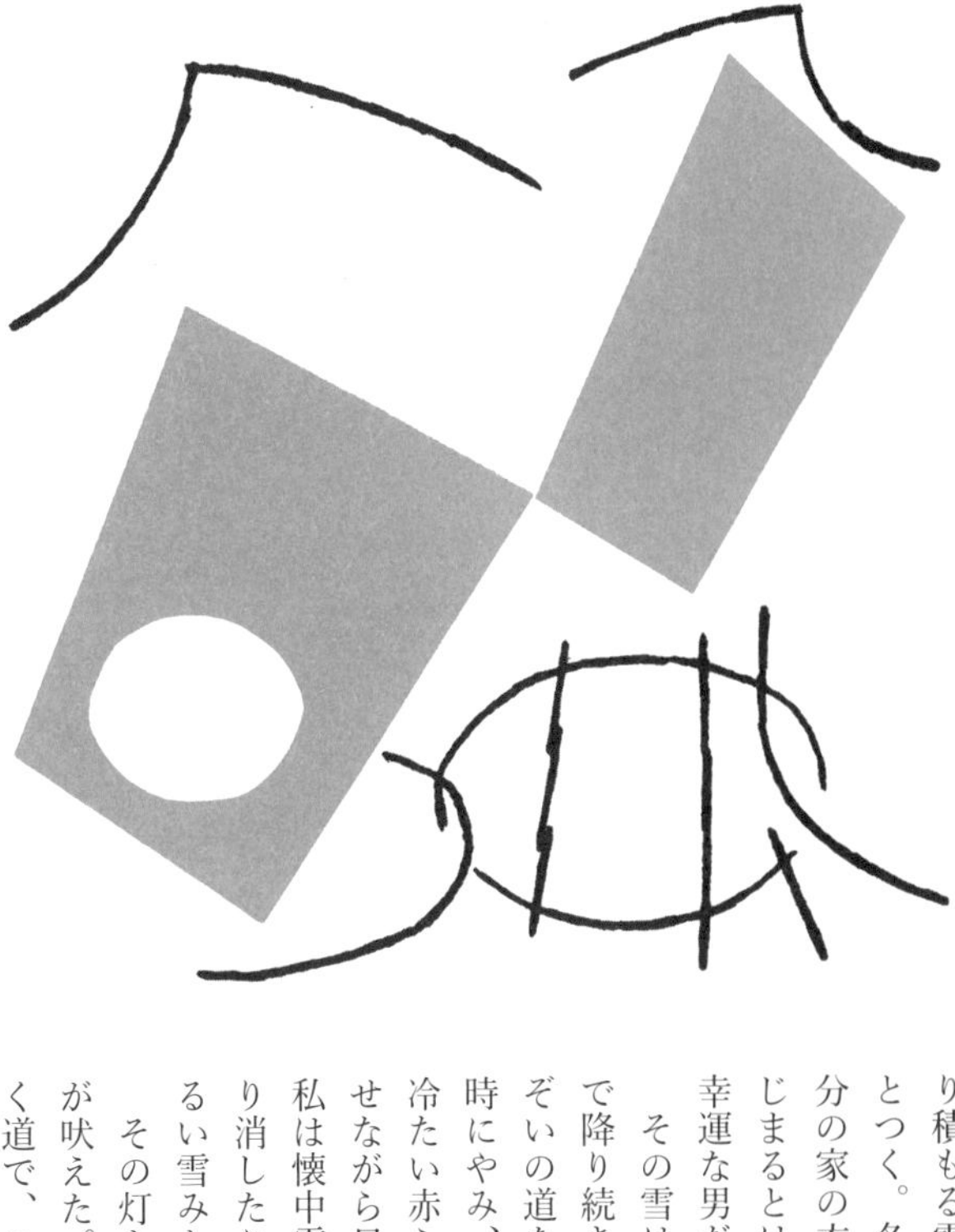

り積もる雪にはっきりとつく。冬の旅が、自分の家の玄関先からはじまるとは、何という幸運な男だろうと思う。

　その雪は夕方近くまで降り続き、山麓の川ぞいの道を歩いている時にやみ、西の空が、冷たい赤らみを僅か見せながら日が暮れた。私は懐中電灯をつけたり消したりしながら明るい雪みちを歩いた。

　その灯を見つけて犬が吠えた。はじめて歩く道で、この先にもう一つ部落があることだけは分かっていたが、そこまで行くと大分おそくなり、農家の戸を叩いて泊めてもらいたいなどという勇気もなくなり、結局、雪もやんだことだし、輪樏もあることだし、ひと晩がかりで峠越しということになるだろうと思っていた。それは農家に泊めてもらうよりは、遙かに多い私の経験であった。

また灯を見て犬が続けざまに吠え、その声につられて、もう一匹、別の犬が高い声で吠え出した。白い夜と犬の声とがまるで、もっとずっと北の、雪国のようだった。犬の吠え方があまりはげしいので、農家の戸があき、人が戸口に立った。私は灯を消して知らん顔をして通り過ぎるわけに行かず、わざわざ戸をあけてまで外の容子《ようす》を見に出て来た人への礼儀として、すっかり雪に埋まった畑を四角にまわって挨拶に立ち寄った。

農家の家族は、私に夜の峠越えをさせてくれず、泊まるのを当然のこととして、消えかけたいろりの火を燃やした。

彼らは私の輪樏を珍しがっていた。

このあたりは冬のあいだ雪に埋まってしまうようなこともなく、雪が降れば山仕事には出ないので、輪樏を珍しがった。私はあまり喋り過ぎないように気を配りながら、雪の多い山村の人たちの生活や、熊をさがし歩くそのあたりの猟師のことなども話した。

消えた池

どうもあれは人工の池らしい、だってまるく土手のようなものが造ってあった……でも、池だとしたら、何に使っていたのだろう。

それは夏の夜のことで、暗い道にさそわれて谷に入り、まだ十分か十五分ほどしか歩かないうちに、その池らしいものがあった。黒いか灰色か、色ははっきり分からなかったが、いい加減柄の大きな鳥が、羽音をたてて近くを飛んだ。藪でねむっているところを、こっちの足音で目をさまさせてしまったのだろう。

そういう場所を、もう一度、明るい時に訪ねて、土手に見えたものが本当に土手であったのか、池だと思ったそれが、自然に出来た大きな水溜りだったのか、それを確認したい気持が消え去らず、秋が過ぎ、冬になった。

雲は散らばっていたが、静かな冬の日に、私はとうとう、その場所の容子《ようす》だけを確かめに出かけた。ばかばかしい目的のようではあったが、妙に気分が浮き浮きとして来るのだった。

歩きながら、夏の夜の谷のみちを歩いた時のことを思い出し、このあたりで川原へ下ったことや、その右手に、杉の木が何本か立っていたこともその通りで、それから四、五十メートルも行けば、その池があるはずだった。

ところが池はなかったし、水が出てこわされてしまったにしても、何かそれらしいものが残っていそうなのに、何も見当たらなかった。

鵯《ひよどり》が鳴いたあと、谷は鎮まりかえった。石と砂地と枯れ枝の散乱の中に私は立ったが、確かにあった池が、どうして消えてしまったのか、何の推測も出来なかった。

持って来たパンでもかじろうかと思って、水音のする方へと歩いて行った。谷の水はほとんど涸れて、水音がしていても、凍った石の下だった。

石に腰を下ろして考えなければならない。山中を迷い歩いて疲れ果てた時の記憶ならば、小さな水溜りが池に見えることぐらい

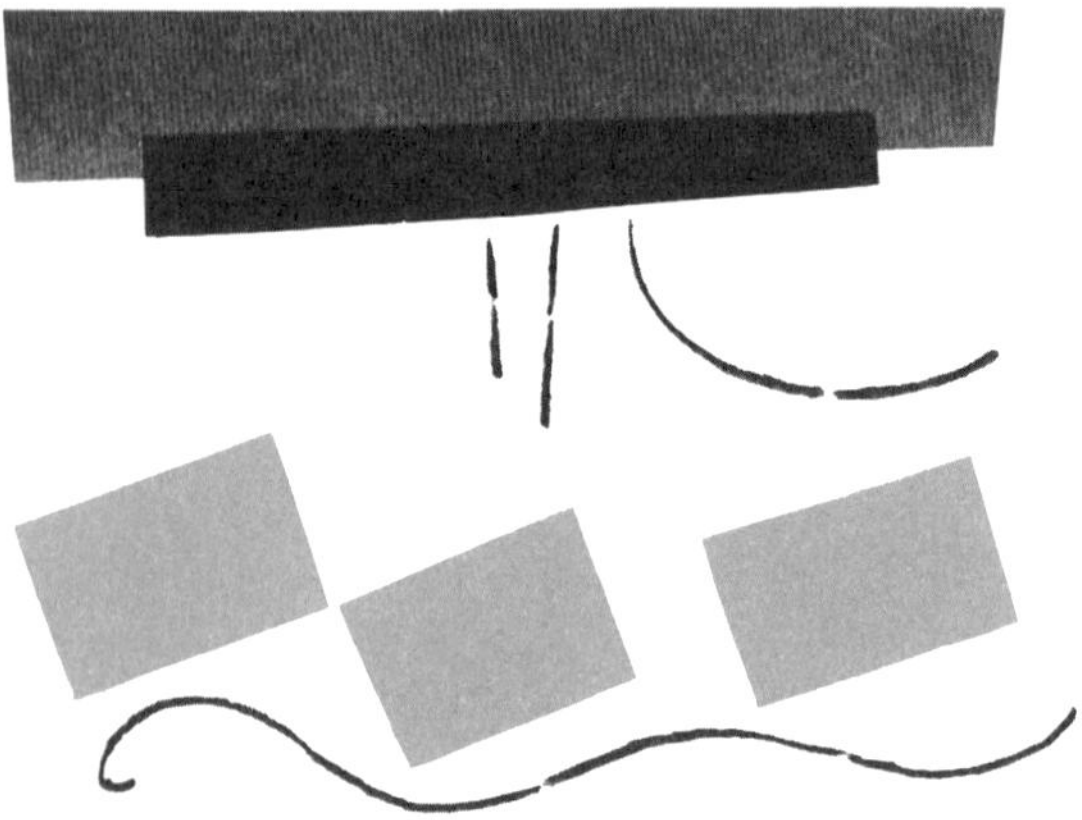

はあろうけれど、そんな状態ではなく、ゆっくり思い出してみると、そのとき、灯を照らして、その池の底の容子だの、十メートルは離れている池の向こうの木の茂みだのを見たのだった。

　まあ、山の中では思いがけない変化が起こるものだから、秋のなかばに少し強い雨が二、三度降って、池は流されてしまったのだろう。

　そう思うことにして、川原をしばらくのぼって行くと、焚木《たきぎ》を背負った男が、左手の斜面を下って来た。私よりは若かったが山の男という感じはなく、足許への気の配り方が何となく覚束なく見えた。

　挨拶のあとで、私は気にかかる池のことをたずねたが、その男は、そんなものはこの谷にはなかったと言った。

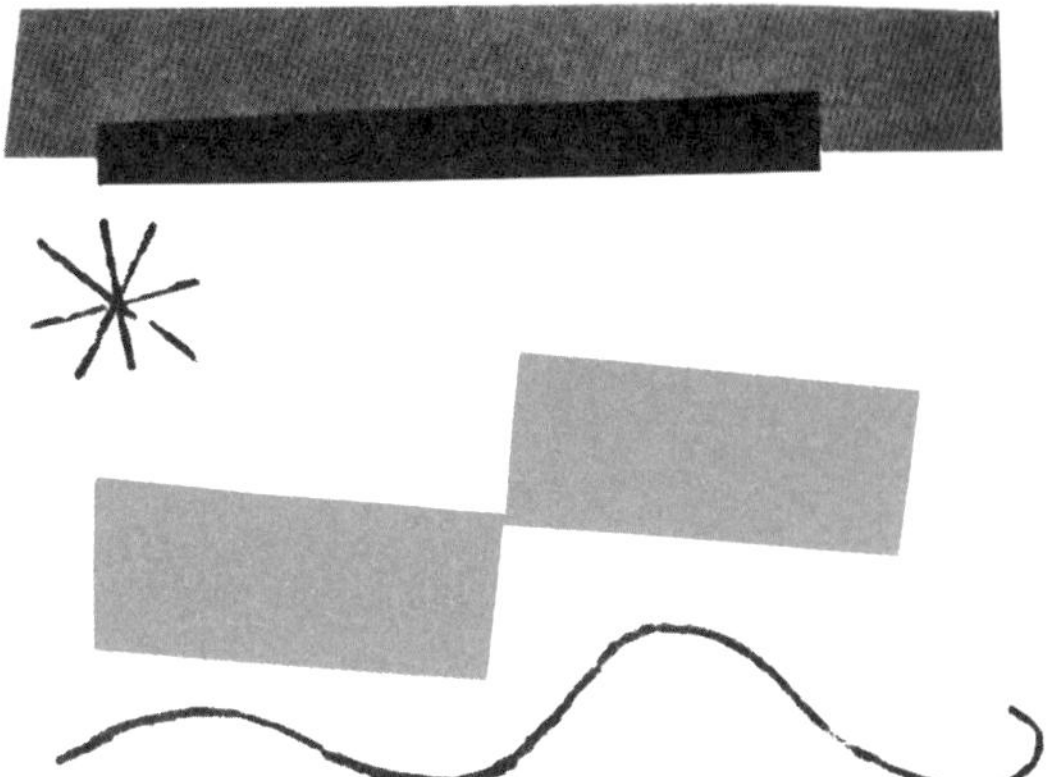

霜柱

　山を歩きながら、あまり形而上学的な考えごとをするのはいい傾向ではない。そこに在る物、そこに生きている生命に見とれる状態、そこから悦びを紡ぎ出すことこそ巧みにならなければ、山歩きは陰気くさくなる。特にひとりの時は。

　冬枯れの林の木々に、春を待つ芽がまだ幼くかたく、その下草の中にはひからびた実が落ちずに残っている。一つ一つの音をていねいに、思い切りゆっくりと指先を動かす楽器の最初の練習のように、一歩一歩に時間をかけ、たった一キロの道を二時間も三時間もかかって歩くつもりでいると、緑に乏しい冬の山みちも、語りかけて来るものが数限りなくあるものだ。

　形而上学的な考えごとは、それらの語りかけをすべて封じてしまう。語りかけないものの大部分は、私の生命の共鳴を要求する生命の歌だ。冬に枯れて春に甦る草の、土の中からの細い声だ。それらの声に対して耳をふさぎ、それをしりぞけることは、こちらの心の仕組み次第でそう厄介なことでもない。私はある時、谷川の水音をきいて考え込んだ。その音を感覚でうけとめながら、形而上学的遊戯の材料に切り換えてしまう。それは大して困難な操作ではない。むしろそれは誘惑に落ち込むようなものだった。それで私は、崩れた赤土の崖のへりの、みごとに立ち並んだ霜柱の前に立った。私はかつて、霜柱の生成の理窟について覚えたことを、今は思い出さないようにする。霜柱は下端で成長しながら、できた柱を押しあげて行くことも今は不要であるし、下端は零度であることも忘れていてさしつかえない。

それなら私は霜柱の前に立って何を待っていたのか。やがてその場所へ移り進んで来る陽射しをうけて、この柱が方々で、微かな音を立てて倒れはじめるのを待っていたのか。

それもそれだけを楽しみにしていれば、わざわざ倒れる光景を見なおす必要はない。

私に必要なのは、こんなおかしなものが、地面から生えて来て、そこにぎっしりとかたまっていること、それだけでいい。

そしてもう一つ大切なことは、これには、生まれ出て、しばらくするとはかなく消える私たちと同じ生命があるように見えるが、実はそういう生きものでないらしいということを決して忘れないようにすることである。

手のひらに石を載せる。砂をつかむ。それと同じように数本の霜柱をつまみ取って手のひらに載せる。私の手のひらはそんなに暖かくはないはずなのに、霜柱はどんどん解ける。解けながら私の手をつめたくして行く。

形而上学というものは、この通り冷たいものであることが実証されたわけだ。

冬眠

地面から深く下がって、あるいは樹皮のあいだにもぐり込んで、まるくなっている、ただ生きている連中に対して、これでは節々が凝ってたまらないだろうなどという同情は、まったく見当はずれなのだ。だが、人間は夥しい見当はずれを絶えず繰り返しているのでこの同情が人間の世界の中ではある意味をもつ。

それとは知らずに、手をかけた樹の幹、その幹の樹皮がばっとはがれる。

冬眠のためにそこを選んだ寄宿舎。数はかぞえられないその虫の群。突然屋根をはがれ、寒い風が彼らのぬくもりをほとんど一瞬にして奪い去ってしまう。

そこに手をかけた人間が、大変なことをしてしまったと青くなる。赦してくれ、君たちがこんなところにねむっているとは知らなかった。赦してくれ。

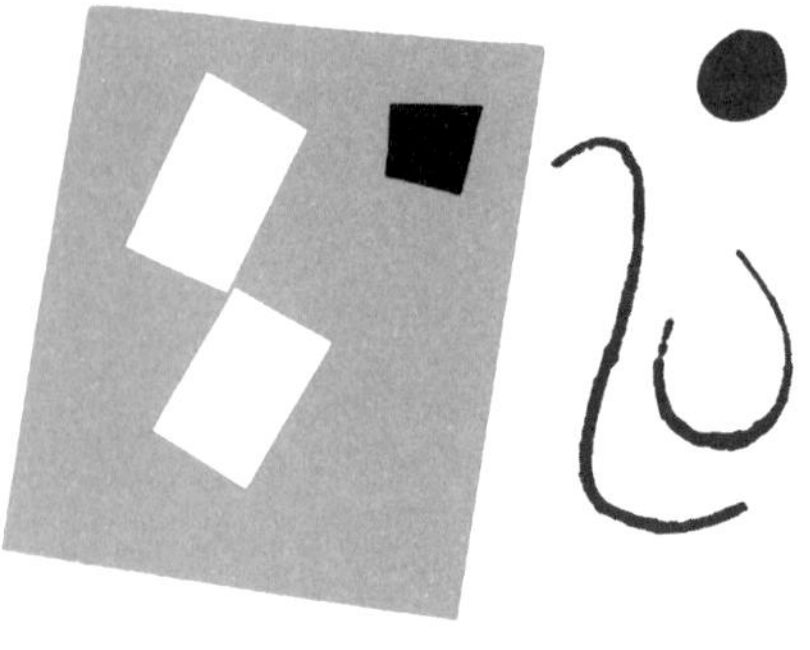

先方に通じない謝罪ほどいやなものはない。赦してくれと大声を立てたところで、赦されるとはきまっていない。けれども人間は、赦してくれと首をたれるとそれだけで気が済んでしまう。

清算されたあやまちは、軽やかな気分を送り込む。そして今度は、はがれてしまった樹皮を、もとの位置にあてがい、幸いにして上衣のかくしに入っていたひと巻の紐を取り出して、もうどんなに無作法な風が吹いて来ても絶対にはがれることのないようにしばりつける。そしてにこやかに小声で、自分に言う。

俺はなんて親切なんだろう。ひとりで山を歩きながらこんな善人であるならば……。

それから森の小みちを浮かれた気分で辿る。冬眠しなければならない生物たちを憐みながら、消えた煙草にもう一度火をつけて歩く。

森は静かだった。夜のようだった。足音だけがあったはずだが、足音はあまり大きくは自分には聞こえて

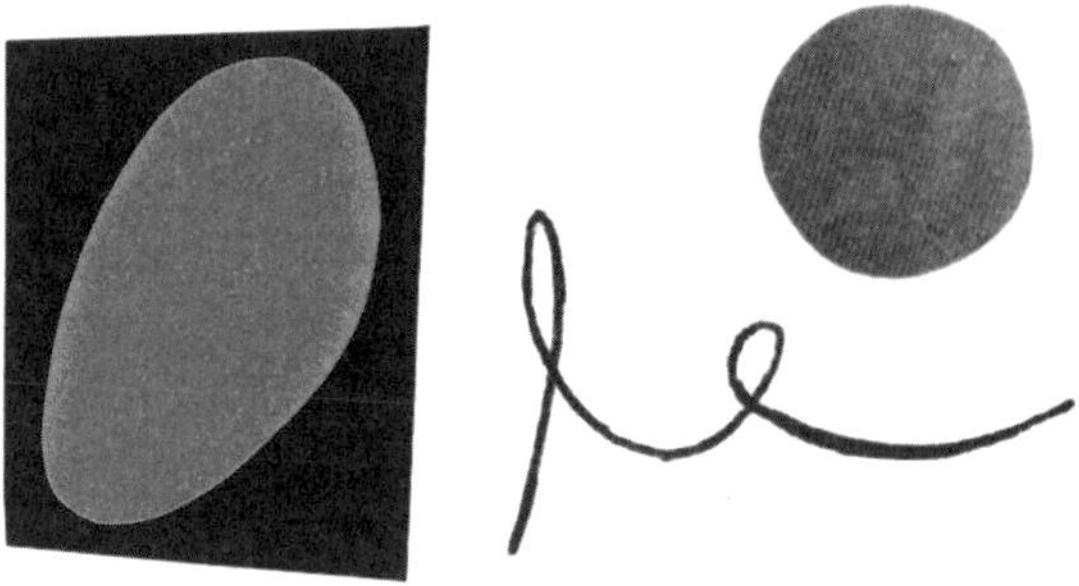

いなかった。何か事件が起こってもいいほど何事もなく、薄く匂う寂しさだけが歩いて行く道の周辺に漂っていた。

この森の中にはいったいどのくらいの生命の冬の眠りがあるのだろう。死に似た長い眠りがまだ続く。この冬の眠りは、夜ごとの眠りと違って暁の訪れがない。そして多分夢もない。冬眠をゆるされ、冬眠を強いられた彼らは、生きていることをそっくりと預ける。誰に預かってもらっているのか、彼らも知らない。誰も知らない。

さっき冬眠している生物を憐んだ人間は、そろそろその優越感があやしくなり、羨望を抱きはじめる。大地をずしんずしんと踏みならして、元気なく呟く。

自然はどうも不公平なことをして楽しんでいるらしい。そうでなければ、同じ生物には同じ想いをさせてくれてもいいはずだ。止むを得ず冬を越す手段としてこの眠りがあたえられているのではない。

森の中にはどういう加減か、ぽこっとそこだけが木がなくて、冬の薄陽が枯草を撫でているような場所があるものだ。冬眠するものが、そういう日だまりを避けるのには理由がある。

太陽や、霙《みぞれ》や、雪がそこでは彼らの眠りをさまたげ、眠りの中に夢が入り込んで来るからだ。

地図

日なたに五つの箱をかかえ出し、それを並べて地図の整理をはじめる。五万分の一ばかりではない。二十万、二万五千、九州全図。観光用の地図や登山用は別の箱に入れて、ややにくにくしげにしばりあげてある。

地図の整理というものは簡単なようで、なかなか要領よく行かない。隣り合った二枚の地図で、出かける時には必ずその二枚を一緒に携えることになるのに、整理の仕方によっては別々の箱に入ってもらわなければならないようなことも起こる。それをどうしようかと整理する度に考え込むので時間がかかる。

それればかりではなく、どんな堅い決心をしても、整理の途中で地図を絶対にひろげないという自分への約束は無理な話である。つまり、地図をひろげて古い山旅を懐しんでやろうという、それだけを考えると少し俗っぽいことをしたくなったからこそ、地図の整理を思い立ったのである。

地図をひらいて眺めながら、また地図の箱を積みあげてみて、随分方々歩いたものだなどと思ったことはない。懐しむ気持から、一番つながって抱き易いそういう思いが湧いて来ないのは、きっかけは古い旅を懐しむことではあったかも知れないが、私はまだ歩いたとのない場所を見ているからだと思う。

私のところには、その地図の箱には入れたくなくて、別の箱に入れてある二枚の、五万分の一の地図がある。これは四年ほど前に、古い友だちから戻って来たものだが、三十何年間か彼のところへ行ったままになっていた。私たちはお互いにそのことをすっかり忘れていたのだが、こんなものが出て来たと言って友だちから返して来た。

二人でゆっくりと考えてみると、その地図への私の書き込みを写させてくれと言って持って行ったのだろうということになった。それはそうかも知れないが、その頃私は地図を随分大事にしていたのに、何故催促もせずにそのままになっていたのだろう。その辺のことになると思い出すことがすべてつくりごとのような気がして来る。

しかし、そんなことがあったために、その二枚の地図だけは戦火をまぬがれて私の手許に戻って来た。そのころ私は自分の地図に、ふた通りの印を捺していたが、この地図には両方の印が捺してある。印と言っても消ゴムに彫ったもので、大きい方は前穂高の北尾根がそれとはっきり分かるように彫られ、一方は靴の裏、あるいは足あとである。鋲をたくさん打ったその中央に私の名前の頭文字が読める。そして地図のたたみ方も今とは違う。

胸のかくしに、さらに小さくたたんで入れて歩き、雨にぬれ、雪も吹きつけ、汗も滲んで、ペンで書き込んだ沢の名前も読めなくなっているところが多くなり、もう新しいのを買った方がいいと思うのに、もう一度、もう一度といつまでも連れ歩いた地図である。

流石《さすが》にこの地図だけは別扱いである。

私以外の者にとっては単に汚ならしい地図であるが、この時代の物は、山の道具類にしてもそのほかの持ちものにしても何も残っていない。折り目がすり切れているので、これをひろげるとばらばらになってしまう。

吹雪

私はついに不安が湧いて来たのに気がついた。しかし立ちどまってみても仕方がない。ともかく進んで行けば何かにぶつかるはずである。この雪がかきまわされている山の上の、窪みが方々に出来ているだだっぴろい原。不安は、ちょっと後を振り返ってみた時がきっかけとなって、どうも左の胸の、ずっと横のあたりから、泡のように浮かんで来た。額の中央から起こった時のそれと違って、何だか信用の置けない不安である。私の後に、自分の足あとが、ほんの微かにしか残っていないのを見たからだ。いよいよの時には引き返せばいいという考えを、その瞬間にさらわれてしまった。用心のためにつけていた綱が、するっと抜けて、もう手の届かないところへ行ってしまったようなものだった。襟巻で頬を半分隠すようにしてからかぶったフードが横へまがって仕方がない。そんなことを気にかける必要はないようなものの、このために、私は一直線に進んでいないかも知れない。だがフードがまがることは、ほんとうに止むを得ないことなのかも知れない。母親の背中にくくりつけられた赤ん坊のかぶっているフードがきちんとなっているのを見たことがない。私は前にのめる。雪の窪みが分からない。雪は膝までというもぐり工合だが、この雪原の表面には雪が流れている。その流れている雪は窪みにやって来ると、私がのめった時のように妙な動き方をして、しかもそこにとどまることなくまた遠方へと流れ去って行く。つかまえて文句を言うわけにはいかない。窪みを這い上がるように出た時に、私はまたいくらか方角をかえてしまったかも知れない。雪はずっと真正面から吹きつけて来る。だから私は方角を失っていないというのは大変粗雑な判断である。この判断によって、見事に方角を九十度近くも変えてしまったことがある。それなら磁石を出そうか。このふらふらと貧乏ゆすりをし続けている針がまたまことにたよりない。こいつにごまかされたことも一度や二度ではない。

さまざまの、不安にからみつく想念をしばらく捨てて、私は進むことだけを考える。吹雪は三十分ほど前に比べると、幾分か途切れるようになる。それがいい兆候であるかどうかは分からない。ただふっと鎮まった二、三秒の間に、左手で、森が風にいためつけられている音が聞こえて来る。その森のへりと私との距離は百メートルほどだろう。それならば、私はなお前進を続けさえすればいい。顔にあたって解けた雪が、襟に垂れ込んで、そこに凍りついている。それを時々むしり取る。それから二十分後に、雪原を渡り終える。そこは、一本の枯木の立っている、晴れていればずっと遠くから目標となる地点だった。

私はそこで残り少なくなった煙草をのんでいると、雪も風も鎮まってあたりの山が見えて来る。雪の原もすっかり見渡せるようになった。ひとりでおかしくなるのも工合が悪いものだ。

郵便配達夫

あの森を抜けて、ちょっとした台地があり、それから道は三つばかり曲がって次第に下って行くところ。そう、あの吊橋の手前の。

その道の下りかけのところで私は休んでいた。まだ三月だから、こんな日ばかりは続くまいが、いやに陽射しが強く、空はまぶしく青く、風が全くない。私は背負っている荷物の中の防寒具の類を思い出し、汗をふきふき、ばからしくなるのだった。

私の心づもりでは、吊橋を渡ったところで、だらだらの登りがはじまる前に休むことにしていた。冬でも凍り切ることのないその川の流れの音に、もう春を告げる響きがまじっているかどうか、まじっているとしたら、どんな言葉で表わしたらいいか、そんなことでも考えながら休むつもりでいた。

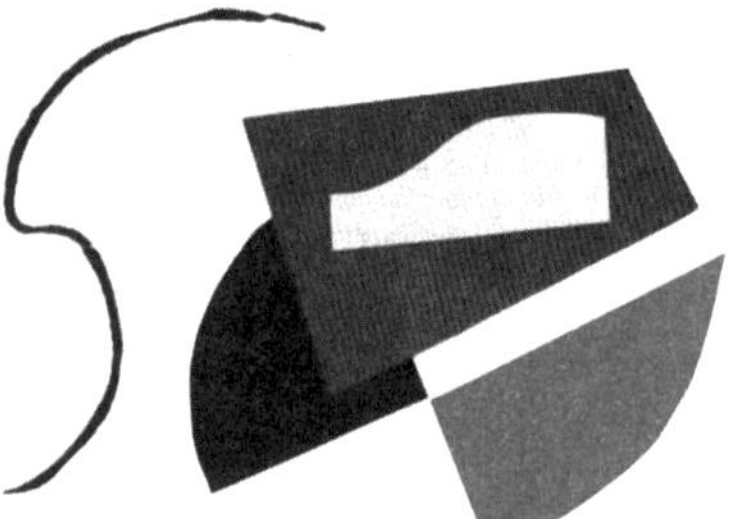

ところが、吊橋まで十分ぐらいはかかりそうな雪道で荷を肩からはずしたのは、山側の土手の、雪がずれたような形で、赤土と去年の枯草の出ているところに、氷柱が何本も出来ているのを見つけたからだった。

二十センチぐらいの小さいものまで数えれば十数本は下がっていて、その氷柱の先からはさかんに雫が落ちていた。私は氷柱をかいてしゃぶる前に、荷物の中からコップを出し、一番雫が多く垂れている下へコップを置いた。いい音がするけれども、雫がはねそうなので、コップの底に雪を少し入れた。私の見当では大体五分ほどで、ごくりごくりと飲めるほどの冷たい水が溜りそうだった。

荷物に腰を下ろして煙草をのんでいると、土手の上の方で足音が聞こえ、やがて人がやって来た。ゴム長に輪樏《わかん》をつけた郵便配達夫だった。にこりともせずに挨拶をすれば、彼は私を追い抜き、雪がゆるんで歩きにくいところをせっせと踏みかためて行ってくれたか

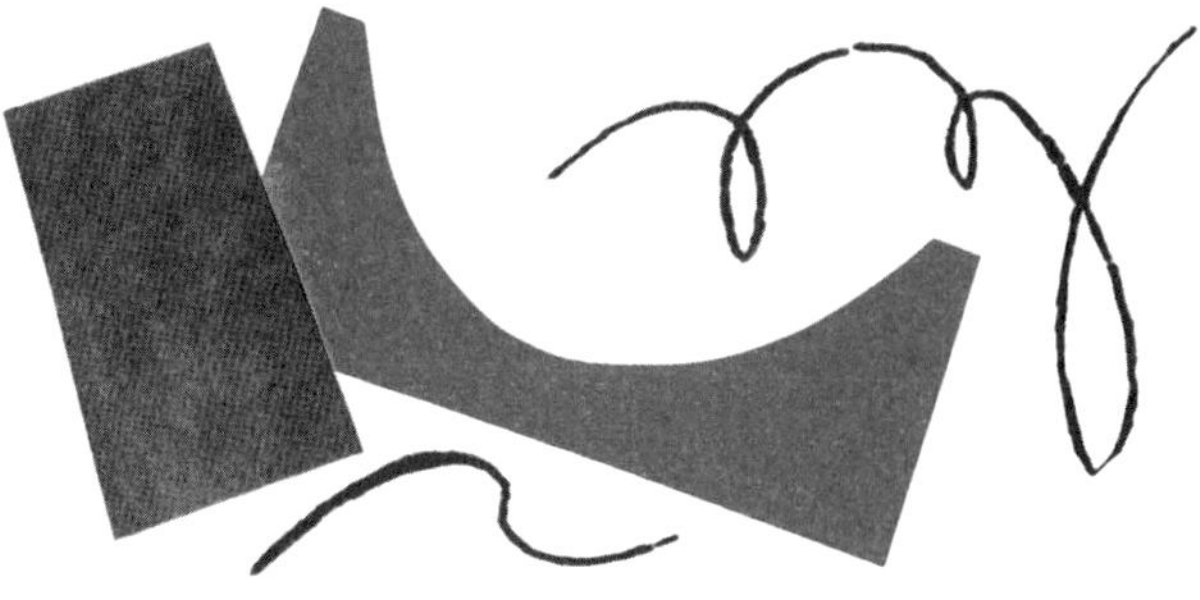

も知れないが、私はその日の朝から人と全然口をきいていなかったので、やや不自然な愛想まで言って休んで行かないかと言った。

郵便配達夫は、紺色の、雪国の人がよく着ているフードつきのヤッケを着ていて、その下の上衣のポケットに手を入れて、煙草を捜す手つきをしたので、私は早速自分の煙草を出してすすめる。それからマッチも擦る。

これから先部落が三つ。私はその一番奥の二十軒の農家が階段状に点在しているところまで行くので、何通かの手紙を預かって行くのは簡単なことなのだが、仕事としてそれを配達している彼に、私が郵便物を引き受けて届けようかとは言えなかった。そんなことをしても、それは親切にも手助けにも何んにもならない。

他人の仕事に同情し、慰めるのはいいが、やたらに手伝おうなどとは言うものではない。山の中で、そこで働いている人に出会うのは決して工合のいいものではない。だがそのたびに私は自分に言いきかせる。人間はいたるところで働き、いたるところで憩う。その仕事は千差万別、何にもひけ目を感じることはない。

氷柱の下のコップには水が半分ほどたまった。そのために、チポン、チポンと音を立てる。話が途切れ、郵便配達夫は帽子の庇《ひさし》にちょっと手をあてて先に歩き出した。彼にはもう追いつくことはないだろう。

雪解けの音

遅くも夕刻までに来る筈の友だちが一向に現われない。山麓の部落からほんの二十分。その道も殆ど雪が解けて、雪を踏むのは、小屋の近くまで来てからのほんの五、六分である。たとえ友だちが、不用意に灯を持って来なかったとしても、私が一昨日、昨日と雪を踏んでいるので、どこかへ迷い込んでしまうようなことはあり得ない。しかし、流石《さすが》に三晩目になると、来る筈の人が待たれる。

八時まで待った晩の食事を結局ひとりで済ませた。それでももし遅くやって来た時に、幾らか一緒に箸を動かせるように、かなり控え目に食べておいた。それから戸口のわきのガラス窓の近くヘランプを吊し、それがどのくらい離れたところから見えるかをためすために、小屋を振りかえり振りかえり雪を踏んで、土の出ている道まで行ってみた。

灯は三十メートルほど離れたところからは確かにそれと分かるが、それ以上遠くなると少々覚束ない。そうなると急に不安になって、耳を澄ませてみるのだった。

灯がどのくらいのところから見えるかということはどうも口実であって、すなおに考えてみれば、やっぱり私は心配になって迎えに出たのだった。

耳を澄ましても、どこにも靴の音など聞こえず、方々で雪解け水の流れる音が騒々しく

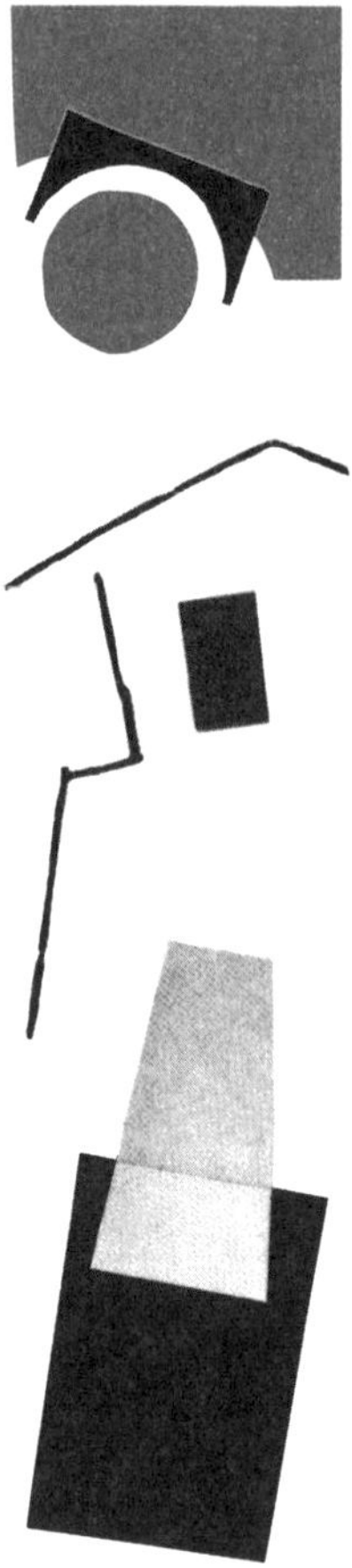

しているばかりだった。

騒々しい水の音。ずっと下の谷の水音も、昼間より高く聞こえ、道を流れる水も、気温が少しも下がらないので、凍らずにいたるところでゴボゴボと夜更しをしている。

私は懐中電灯を時々つけた。それは足許を照らすためではなく、友だちがその灯をどこからか見て呼ぶのではないかという、やっぱりそれも不安と期待につながる無意識に近い行為であった。

部落の電灯の二つ三つ見えるところまで来て、そこに立ったまま五分ほど、だらだらと下っている道を見ていた。だが何も現われなかった。

空しく引きかえして小屋に戻る。

ランプを机の左わきにおいてノートを開く。小屋に備えてあるものではなく、自分の、普段から使っているノートである。前の晩に一時間ほど書き綴った次に、日付を改めて書く。こういう習慣が若い頃からそのまま残っているのが不思議なようにも思えるが、そうかと言って、雪に囲まれた小屋に、ひとり夜更けて目覚めて、こうしたことのほかに、何をするというのだろうか。

書くことは、独り言かも知れない。相手のいない対話かも知れない。思い出すさまざまの人の顔、けれどもどういうことか、誰一人私の方を向いて、無言の応対をしようとしない。けれども誰かに向かって私は書き綴っている。

手先を休めると、軒から落ちる雫の数が、先程小屋を出る前よりは多くなったように思える。屋根に残っている雪は、もうほんの僅かになったので、この雪解けの水滴の音も、やがて聞こえなくなってしまうだろう。

過去

私にとって、春は左程の悦びではなくなった。萠え出るものへの讃歌も浮かばず、鳥が春を告げても、それは空しく遠ざかって消える。つくりごとの悦びは、もう私には不用になる。それは季節や、季節の変化に対する無感動という意味ではない。無理に歌をつくり、それらしく春を描くことが、私の今の好みからはだんだんはずれて行く。

私は今、書棚の上の方へ追いあげるようにしてある古い画集を下ろし、はたきをかけてから一枚一枚絵を見て行くような気分で景色を見ながら歩いて行く。あるいはまた、ひと頃毎晩のように聴いた一枚のレコードを、塵をていねいに払ってから聞くように、自然の音を聞く。

しかし、それは過去に牽かれるのでもなく、過去の重味はいつか減った。思い出されるあらゆるものが、今は私の外にあって、心はそれらとは無関係に、静かな憩いを味わっている。聡明であるのか、衰えがやって来たのか、それは実際のところ私には分かりかねた。ただ考えられることは、過去は否応なしに背負わなければならない荷物であるから、体力に応じた軽さになる。それは当然の、人間の仕組みである。

過去を軽くするために何を捨てるか。私は捨てたいものがないわけではなかった。けれども、その選択は私自身に任されているわけではなかった。いつまでも手近かにとどめて置きたいものが、薄れて行き、遠く去り、軽く儚《はかな》い影となってしまう。そうかと思うと、不要であるばかりでなく、私にとって幾度も有害な作用を及ぼしているものが、執拗にまといついている。

それは思うままにならないとは言え、私のどこかに、この矛盾を願っているものが、巣喰っているようにも思える。それらの一切を包むものが、私に一つの憂愁を懐胎させている。若い日の歯軋《はぎし》りするような反撥が、過去の荷を重くしていたのだが、人間の生きている限りの仕組みを知って、ただすなおに、私以外の何ものかのその選択を、おだやかに笑って、従順に受け入れていさえすれば、どぎつい色のものは柔らかな彩りとなり、淡くにじみ、私を苛立《いらだ》たせることもない。

大して深くない山の中腹をからんでいる、水平の小径を、こんなことを考えながら、ずいぶん長く歩いた。どうしてまたこんな道をつけたのだろう。これ以上歩いていても、頂上へ向かう道には出会わないかも知れない。

その時は、この道を離れて、斜面を登って行けばいいが、その山中の平坦な道を歩いたために、私の思考はどうもおかしなことになり、気分は爽やかではない。せめてこれから登って行こうとする斜面に、スミレやヤマルリソウでも花を咲かせていてくれれば、ここまでやって来た甲斐があったとすなおに思い、春が山を甦らせるように、私にも多分甦るものがあるだろう。

三つの色

麦の畑では、麦の緑が急に鮮やかになって来た。その畑の隅々に、桃の花が咲き、更にその向こうは菜の花の盛りだった。

歩きはじめたばかりの山麓だが、せかせかと山みちへと踏み込んで行くのも、風情のない山歩きの仕方で、さっそく土手に腰を下ろす。そして、今年こんなきれいな春になったな、と自分に言う。

しかし、一日二日の山旅で、歩きはじめた山麓でさっそくの休憩とは、妙に落ちつかない。私はカラー・フィルムの入った写真機などを持ってはいないし、画帖はあっても、それに色をつける用意はない。友だちのアルバムの中で、場所は別だが、ちょうどここと同じように、緑と黄色と桃色の、その色の春らしさに心を牽かれたらしい写真を見たことがある。一日の山歩きを、二十枚ほどの写真できちんと整理してあったが、色の効果ということでは、この最初の山麓のそれが一番であった。だから私も、幾ら歩きはじめてまだ間もないと言っても、この彩りのぱっとした風景を眺めて行くのは当然だと思った。

ところで、それを眺めているうちに考えたのは、たとえ写真機とカラー・フィルムの用意があったとしても、私はこの風景にレンズを向けただろうか、また、絵具とパレットなどを携えて来たとしても、これは描いておかなければと思って画帖を取り出したであろうか、ということである。

ほかの国の土地は殆ど知らないが、この色の組み合わせと、少し霞んでいる空の工合は、私の大ざっぱな受け取り方としては、確かに日本の田園の春である。そしてまた、それだけで足をとめ、しばらくの時を過ごす理由にはなる。しかしそれだからと言って、写真機や画帖を取り出す気持にはならない。描きにくいとか、構図としてまとまらないとか、そうした事柄を別にして、ただぼんやりと眺めたい景色があってもいい筈である。

私は麦の緑、菜の花の黄色、それに桃の花、その色はそれぞれにきれいだと思うが、きれいな色が三つ集まった時に、一層きれいになるものだとは決められない。そうなると既に、こちらの好みが要求を出す。要求を出しながら混乱もする。つまり理屈の通らない我儘がだんだんにむき出しになる。

それから私は、急に腹立たしくなって立ちあがり、二、三度、音を立てて土を踏みながら独り言をいう。何故こんなところで時間を潰してしまったのだろう。急いで登って行かないと巡り合えないすばらしい眺めが、もっとずっと山の奥の方にあったかも知れないのに……。それに、大層風流なことをするつもりで足をとめ、三十分以上も三つの色を見ていたために、私の気持は素直さをすっかり失ってしまって、今日一日が台なしになってしまうかも知れない。

風景や色調に対する要求は、捨てろと言われても無理である。だが、慎ましく、隠し持っていなければならない。自然を前にした時には、風景画の展覧会場に入ったつもりになってはならない。

雪崩

もしもこの音を、底雪崩だと知らずに聞いたならば、私は何事が起こったのかと想像したろうか。そんなことをちらっと考えながら、尾根を登って行った。

足には輪樏《わかん》をつけているが、雪は水をふくみ、一歩ごとに大きくずり落ち、短気を起こしたらどうにもならない。少し急のようだが、選んだこの尾根には雑木が多く、その枝や細い幹につかまって、落ち込む足を引っぱりあげる。半分は腕で登って行く。そして決してあせらないように、上を見てあそこと定めたところまでは絶対に休まないことにする。

それで左側の谷から雪崩の地響きが伝わって来ても、私は立ちどまらなかった。かなり大きな音ではあったが、その雪崩は見えなかった。

それから、雪崩のために押し倒されて行く木から小鳥が飛び立ち、兎が斜めに跳ねて逃げて行く光景が目に浮かぶ。兎は、ひょっとすると逃げ遅れて、重い雪塊の一つにつぶされてしまったかも知れない。山の動物たちも、判断を誤ったり、ちょっとした自信から禍いを招くこともある。

尾根はだんだん痩せて来る。しかし私はここが、結局は最も登りやすく、且つ安全だから選んだわけで、決して物好きな無鉄砲をやっているわけではない。

夜が明けると気温が昇り、青黒く晴れ渡った空では、太陽がむき出しになってほてっている。こういう日の日光は、ドライバーでねじ込んでいるような強烈さである。雪もぶちぶちと煮えているに違いない。

もうあと二、三十分もこんなことをして登って行くと、雪を踏みならして腰を下ろし、明るい感傷的な時をすごせる場所に到達することが出来る筈である。

そこまでの途中で、左手の谷を覗き込めるところがあった。うまい工合に、右にはつかまっていられるしっかりした枝がのびて来ていた。

こうして覗き込んだ谷には、さっき音を聞いた雪崩のデブリが盛りあがってたまっているのが見えた。私は雪眼鏡を額に押しあげて、二、三度ゆっくりと瞬きをしてから谷を見る。双眼鏡を出せればもっとよく見られたとは思うが、デブリは、かなりよごれていたし、落ちて行く雪にはぎ取られた枯草のかたまりや、木の枝や、そのほかに、泥のかたまりだの、岩のかけらもまじっているようだった。

底雪崩とは大体そういうものなのだが、私は少し前にちょっと考えたように、山のけもののうちで、この雪崩にやられたものがいるのではあるまいかと、そんな不安が大きくなり、若しもデブリのあいだに、脚を潰された動物が、もがいているのが見えたならば、こんなことはしていられないぞと思うのだった。

慈悲深いわけではない。そんな意識はむしろ不快である。しかし独りでこんなことをしていると、山の中での出来事をただ見物しているだけでは少々物足りなくて、事件が起これば、自分もそれに加わりたくなり、それを物語として持ちかえりたいと思う。慈悲深いわけではなく、虫のいい話なのだ。

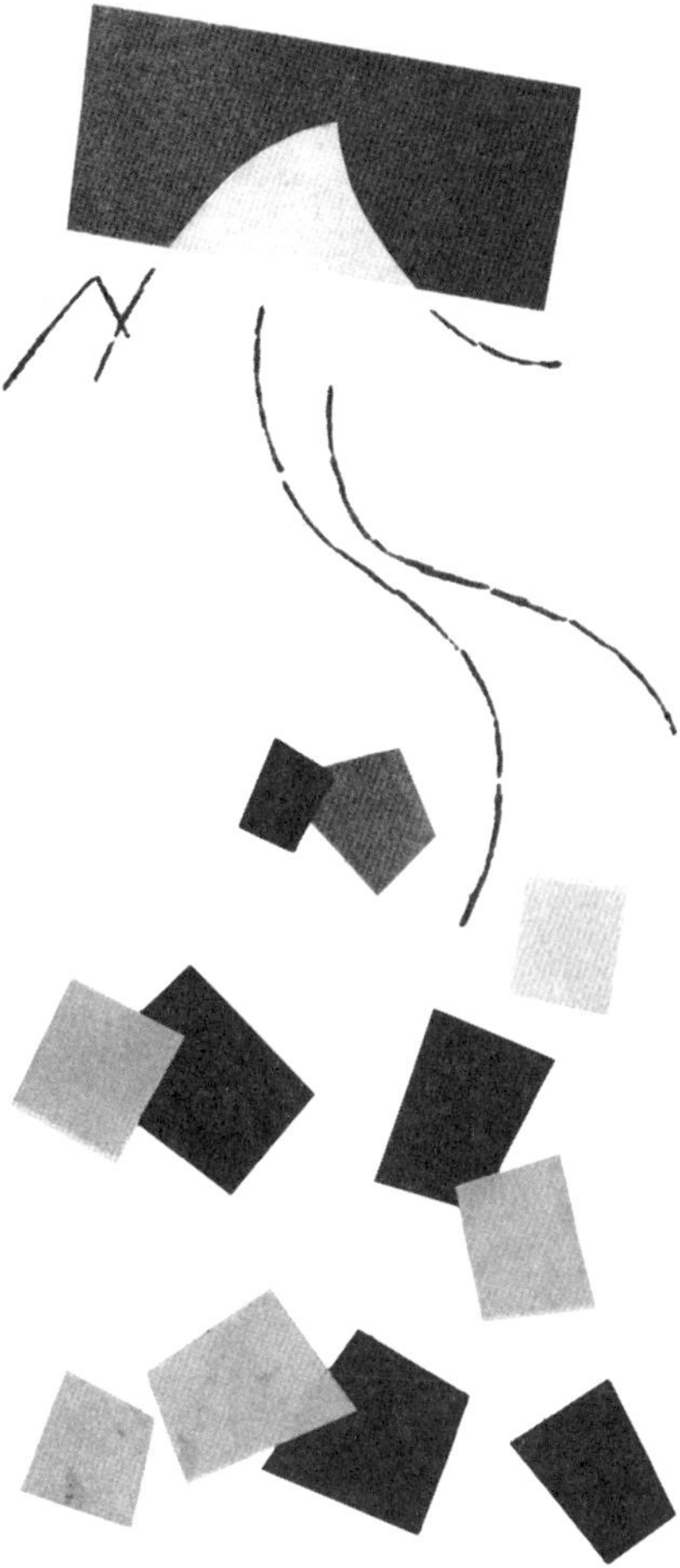

噴煙

ひとりで出かける山でも、それが充分役に立つと思えばスキーを担いで行った。四月も末になると、汽車の中へスキーを持ち込む人の数も殆どなくなり、自分の行こうとしている山の、どの辺からスキーが使えるか、それもちょっとした楽しみだった。五月になれば、場所にもよるが、雪がかたくしまって、スキーは下りの楽しみのみとなるが、四月だと、シールをつけて登った方が大体工合がいい。

峠から南に向いた斜面を、ずっと巻いて、最後はなかなか急な沢になった。雪はかなり水っぽくて、シールがのびる。途中幾たびかスキーを脱いで尾根に出ようかと思った。というのは、下から見あげて、かなり大きな雪庇が並んでいて、あれと格闘するのには、スキーが邪魔になりそうに思えたからだ。しかし、尾根に出てしまうと、頂上まではなだらかな盛り上りで、きっとスキーを置いて来たことを口惜しがる、そう考えて、遂に強情を張りとおすことにした。それに、ひとりでいると、たとえ古いスキーでも、方々の山を一緒に歩いた友だちのようなもので、やっぱり一緒に山頂の雪を踏みたいと思うのである。

雪庇の一部分を割り崩して、尾根に這いあがるのにはかなり苦労はしたが、思い通りになった。

私は、あまり広くはない山頂のぬくもりさえある岩に陣取り、傍の雪にスキーを立てた。風は少しあったが、立てたスキーが倒される虞《おそ》れはなく、いつまでも気分のよさをかき立てるような風だった。はじめて登った山頂なので、晴れた空の下にずらりと並んだ山の名を一つ一つ確認し、不確かなものは地図によって確かめた。

その並んでいる山の、一つの山の上に、時々おかしな雲が発生した。まことにとぼけた形をしていて、しばらくすると、薄くひろがりながら消え、やや平たい三角のその山の上には何もなくなってしまうのだった。私はかつて海の旅をしている時に、ある島の上で雲が発生し、ある程度まで大きくなると流されながら消えて行くのを見たことがあったが、それにしても、似たような形の山があんなに沢山並んでいるのに、どうして他の山から雲が生まれないのだろう。これは少しおかしい。この不可解な出来事を、不可解なままに大切にしようという気持があるせいか、それが噴煙であると気がつくまでに大分時間がかかった。

山の名前を一つ一つ確認し、あの山が活火山の一つであることを充分に承知していながら、どうして噴煙だと思わなかったのか。私の頭はいよいよ鈍くなってしまったのか。

しかし、噴煙ならばもう少しそれらしく、堂々と空高く噴きあげればいいのに、しみったれた煙だった。

羚羊

その前の日に、山で事故があった。放心状態になってしまった人をはげましながら、私も、自分から進んで、止むを得ず滝の中へ入らなければならなかったので、着ているものがすっかり濡れ、小さい灯でやっと足許を照らしながら、夜遅く山を下って来た時は、寒さでふるえていた。

翌日、私はひとりで再び山へ入って行った。谷の道をしばらく遡ってから、藪へ入った。道は、私が望んでいる場所へは導いてはくれなかった。その藪の中にはもう雪のかたまりは残ってはいなかったが、雪が消えたばかりの、そこの草が、川に落ちたけものの毛のように地面にはりついているところも、ところどころにあった。私はそこを登った。

斜面はだんだん急になり、その先には岩壁があった。そこは私にとっては懐しい場所であった。私はその岩を登るつもりでやって来たとは言えない。ひょっとしたらという気持も抱いては来なかった。

私はその岩を見あげた。岩はのしかかるように立ってはいたが、倒れかかるような幻想を惹き起こすことはなかった。かつて登ったルートも、ほぼ見当がついた。

しかしいつまでも見あげているのは止め、一段下った藪の中に、休むのに好都合の場所

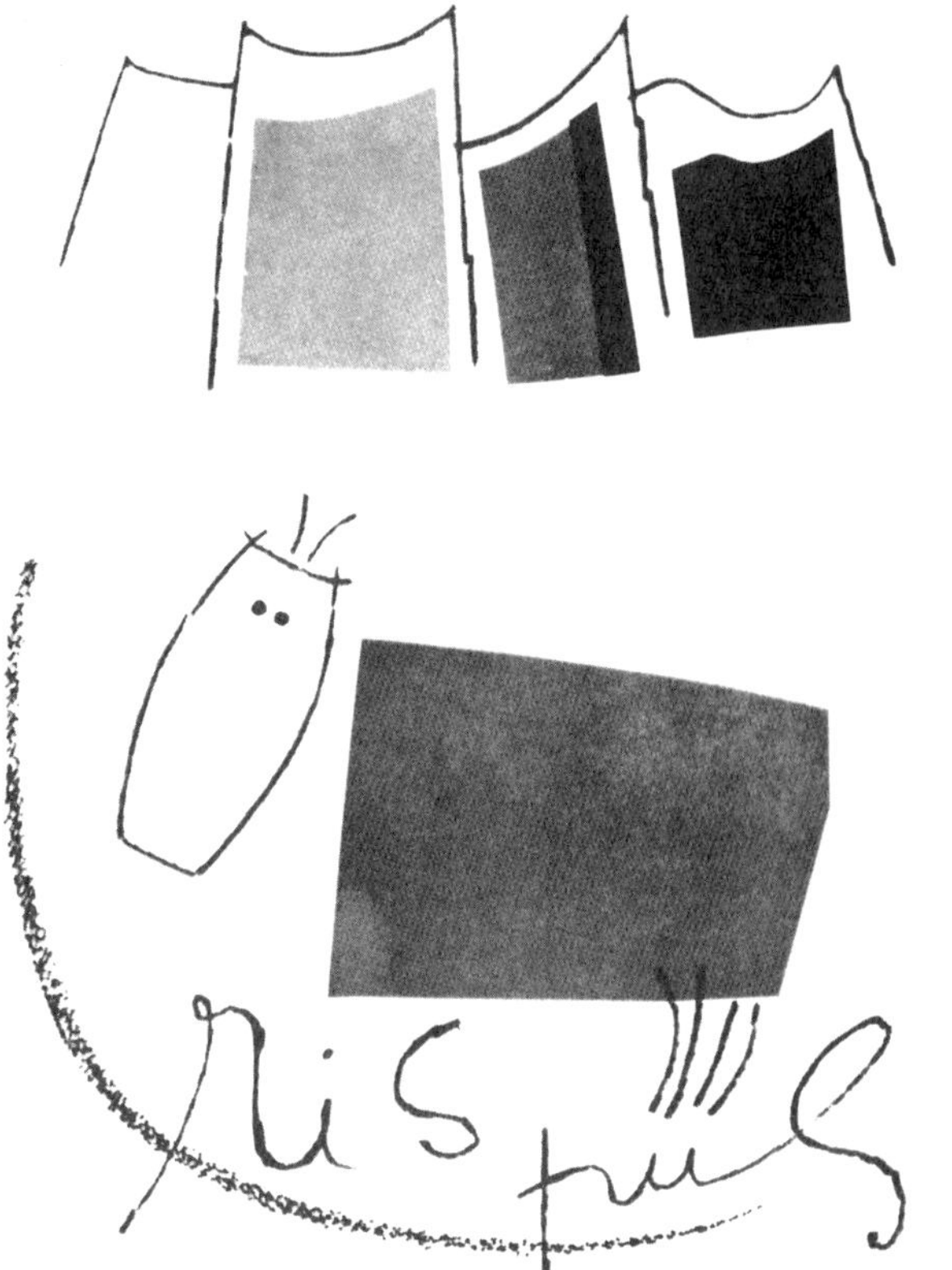

羚羊

を見つけ、腰を下ろし、乾いた草に背を置いた。それはまどろむような姿勢ではなかったが、前日の疲れが出て眠りはじめていた。その夢の中に、古い山友達の顔が浮かんで来ると、私は二十歳の頃に、登るなら早く登ろうと引き戻されているのだった。その友達は、私が草にねころんでいると、登るなら早く登ろうとせき立てた。かなり時間のかかるのも分かっていたので、せき立てられるまでもなく、登らなければならないと思うのに、どうにもねむくて、体にさっぱり力が入らない。時々何とか冗談を思いついて、友達の気持をやわらげようとするのだが、それはことごとく逆の効果をもたらして、彼はますます苛立《いらだ》って来るのだった。

私は体がずり落ちそうになって目をさました。すると何ともばからしい光景が目に入って来た。五、六メートル下の藪の中を、毛皮を着込んだ女の人が、見えかくれしながら横へと歩いて行く。私は目を見張る。夢の続きを見ているのではない。確かに眠りからさめ、私のかたわらには誰もいない。私は息をのんで、音を立てないように起き上がるのも躊躇していた。

いくら山がひらけて、さまざまの人が入って来るようになったとは言え、毛皮の外套を着込んだ女の人が、道からかなりはずれた藪の中を、静かに歩いて行くとはあまりおかしな話である。

よく見ると、それは一頭の大きな羚羊《かもしか》であった。羚羊は私の姿にはまったく気がついていないらしく、時々立ちどまって、木の枝先の若芽に鼻を寄せ、またそろそろと歩いて行くのだった。

朝

小鳥の声で目をさます。近くに来ているのではなく、遠くの谷でさえずるコルリの声で、目がさめてから改めて同じ声をきいてみると、どうしてあんなに遠くの小さい声で目がさめたのだろうかと思う。山での滞在が長くなって、あたりの地形も見なれ、そういうものに向かった時の期待だの、驚きはすっかり薄れてしまった。頂上にも登って来たし、雪がたっぷり残っている近くの谷や、そこから大きくひろがっている斜面のいくつかも歩いてしまったので、あとはこの滞在をどこで切りあげるかということだけだった。

いつもと違ってその朝の明るさは異様であった。靴を穿くと、これもそろそろ習慣になりかけていたのだが、かたい雪の斜面を五、六十メートル横切り、そこから、ハイマツと岩との交ったところを二十メートルばかり行く。そこに、展望のきく場所があった。苔をかぶった岩に腰かけていると、遠く連なる山の上へ、五月の早い太陽が昇る。やや俗っぽく気取った言い方をすれば、そこは山の朝の祈りの場所であった。勿論私は祈りの仕方などは知らないし、そういう気持にもなれない。天気が続いていたので、冷たい大気の流れの向こうに、太陽が派手な光と色を伴って昇るのを三日続けて見た。たなびく雲の配置、岩のしめり工合、それから私の、目ざめの後の、まだ動きの鈍い頭、何から何まで、そっくり同じ山の朝であった。

ところが遂に異なった朝がやって来た。空には雲が充満し、かなり激しい犇《ひし》めきあいを見せながら流れ、そこから垂れ下がった一部の雲は、山頂をかすめ、時々はそれを隠しはじめていた。

雪の斜面には、既に三たび往復した私の足跡が残っていた。それをさらに踏んで行くのが何だか心に重く寂しかった。前の日の朝に開いたたった一輪のヒメイチゲがまた蕾《つぼみ》に戻ったように小さく俯《うつむ》いていた。苔の岩まで来てみると、雲の大集団の流れている方向がよく分かり、荒天の間近いことを予告していた。太陽の昇るべき位置にも、雲は厚く重なっていて、山肌や襞《ひだ》ばかりがいやにくっきりと見えていた。

太陽の昇らない朝。谷の小鳥の声が徐々に賑やかになる時刻なのに、何も聞こえなくなった。二十分ほどそこにいるあいだに、風は、私のいる山の肌を撫でまわしはじめ、二、三箇所では明らかに雨脚が垂れているのが見えた。

この山を下るのにはどんなに急いでも五時間はかかる。雨と風の道を降りて行くのも悪くはない。しかし大荒れになるなら山にいるのも悪くない。いずれにしても逃げるようにして山を去ることだけはしたくない。

荒天が近づくと勇壮な気分になる。私は腰かけていた岩の上に立つ。それから腕を組む。

陽炎

この長い橋を渡って、丘陵を一つ越せば駅が見える筈だった。長い橋と言っても、鉄やコンクリートを使った頑丈なものではなく、丸太を組み、板を並べただけの、幅の狭い橋だった。それで、馬車や牛車が向こうからやって来ると、体を手すりの方へ押しつけてよけなければならなかった。どういう規則を定めてあるのか、車が橋の上ですれちがうことはどう見ても無理だった。

その代わり、手すりを跨ぎ越えてから、ひょいと飛ぶと、どこからでも川原におりられる高さだった。

雪解けの水で、川の水嵩はふえている季節であるのに、砂利の山のあいだを、三本四本に分かれて流れ、いずれも流れの勢いはなく、川音も殆ど聞こえていなかった。

中洲へ下り立つ誘惑にあっさりと負けて、私は飛び降りる。それから、それが当然のことのように川下へと歩き出した。どうして上流へと向かって行かなかったのだろう。それはもう山旅が終わって帰る日であったからかも知れないが、それよりも、川下へ行くと、川は大きく曲がっていて、このたまに人の渡る橋も見えなくなってしまうからだったように思える。靴を脱ぎ、ズボンのすそを少したくしあげると、浅い流れを渡ることも出来た。ただ、何処まで歩いて行って何をするというあてもなかった。それを私自身の心の歩みに移して考えてみると、心のなかの淀んだ空気を刺激するようでもあったが、足を流れにひたしていると、他愛のない解放が、徐々に心を満たし、私は、春の自然の草木の、再生の悦びに近付くようにも思えて来るのだった。

私はそれから、少しばかり改まった気分になって、あたりを眺めた。風景を眺める時には、意外にも習慣が支配する力を持っている。川の向こうに並んでいる木の名前を、知っている限り思い出そうとしたり、その風景が、かつて見た何処の風景に似ているかとか、絵のための構図を求めるとか、幾度も繰りかえし、若干の努力をして来たその習慣のどれかに支配されてしまうものである。それで、川原の砂や砂利の方々から陽炎《かげろう》が立っているのに気がついたのは、余程たってからだった。川の向こう岸に並んでいる木々を見ていながら、それらの木々が、腰を細かにふるわせる踊りのように揺れているのに、どうして気がつかなかったのだろう。かがみ込んでみると、丘も、そのはずれの、遙か遠方に連なる山も、ここから見える地上の一切が揺れている。

気象光学の、味気ない説明を思い出すのはやめよう。私は、どんな人間をも納得させる見事な説明よりも、幼い目に映じたその現象が、幼い魂を恐怖におとしいれる無知の方を選び、やがて、この透明で悪魔的な炎に、万物が次第に焦げて行く姿を想像しながら、おびえてしまいたい。

雲がどこにも見えない空のまんまん中に、孤独な太陽が燃えていた。

乗車券

明日から旅に出るという時に、四、五日で戻る予定ではあるが、どういうことになるか分からないので、机の上やその周囲を少し片付ける。あまり散らかしたままというのはいやで、本を棚に納め、抽斗《ひきだし》に入るものは入れ、積めるものは一応積み重ねる。

しかしまた、あんまりきちんと整頓してしまうと、もう再び戻らないような出来事に出遭うような気がちらっとする。別に危険なことをする旅ではなくとも……。

それから携えて行く細かいものを片付けた机の上に並べる。

それを袋に入れる。それだけのことをしてから、買っておいた乗車券を、もう一度手帖のあいだから取り出して眺める。

座席指定の急行に乗るわけでもないので、乗車券は出かける時に、駅へ行って買えばいいようなものだが、これには少々理由がある。最近私は、旅に出ようと思い立って、一度はそのつもりになっても、用意をはじめかけるといやになったり、出発の間際に急に気が変わり、ひどい時には駅まで行って引き返すことさえあった。

それで、自分の気持をふらつかせないために、乗車券を買ってしまう。

そんなことをしても、ほんとうにいやになったら、払い戻しという方法もあるし、少々もったいないが、その乗車券を無駄にして出かけなければ、同じことかも知れない。しかし、矢張り同じではない。

まだ鋏《はさみ》の入っていない乗車券は、窓際の座席に腰を下ろして、平素とはまるでちがった気分になって、外の景色を眺めている自分をはっきりと想像させる。

天気はどうだろう。気象通報を聞き、新聞の天気図を見れば見当はつけられるが、それによって少しでも気持が動かされるのがいやで、天気はどうなるか分からないことにする。

列車は混雑するだろうか。座席の向かいにはどんな人が腰をかけるか、そんなことはすべて分からない。

しかし、乗車券を眺めながらあれこれと空想する私の旅はなかなか楽しく、順調に進み、若しも……と何か不愉快なことをふと考えても、すぐそれを否定する。

乗車券の番号は〇三三六、昔の私の家の電話番号と同じだ。明日の日付から通用。そして通用は三日、勿論どこで途中下車をしても構わない。この与えられた自由を充分たのしみたまえと自分に言う。

すると、私は、乗車券を買うことによって、私の未来を拘束したことを思い出す。無理に自分が自分に与えた自由、それを自由と言ってたのしむのはかなり滑稽だぞと思う。

夜がだんだんに、しいいんと言い出す。音のしない霧雨が降り出したかなと思う。それならそれでいいと思う。また雨の多い季節が巡って来た。

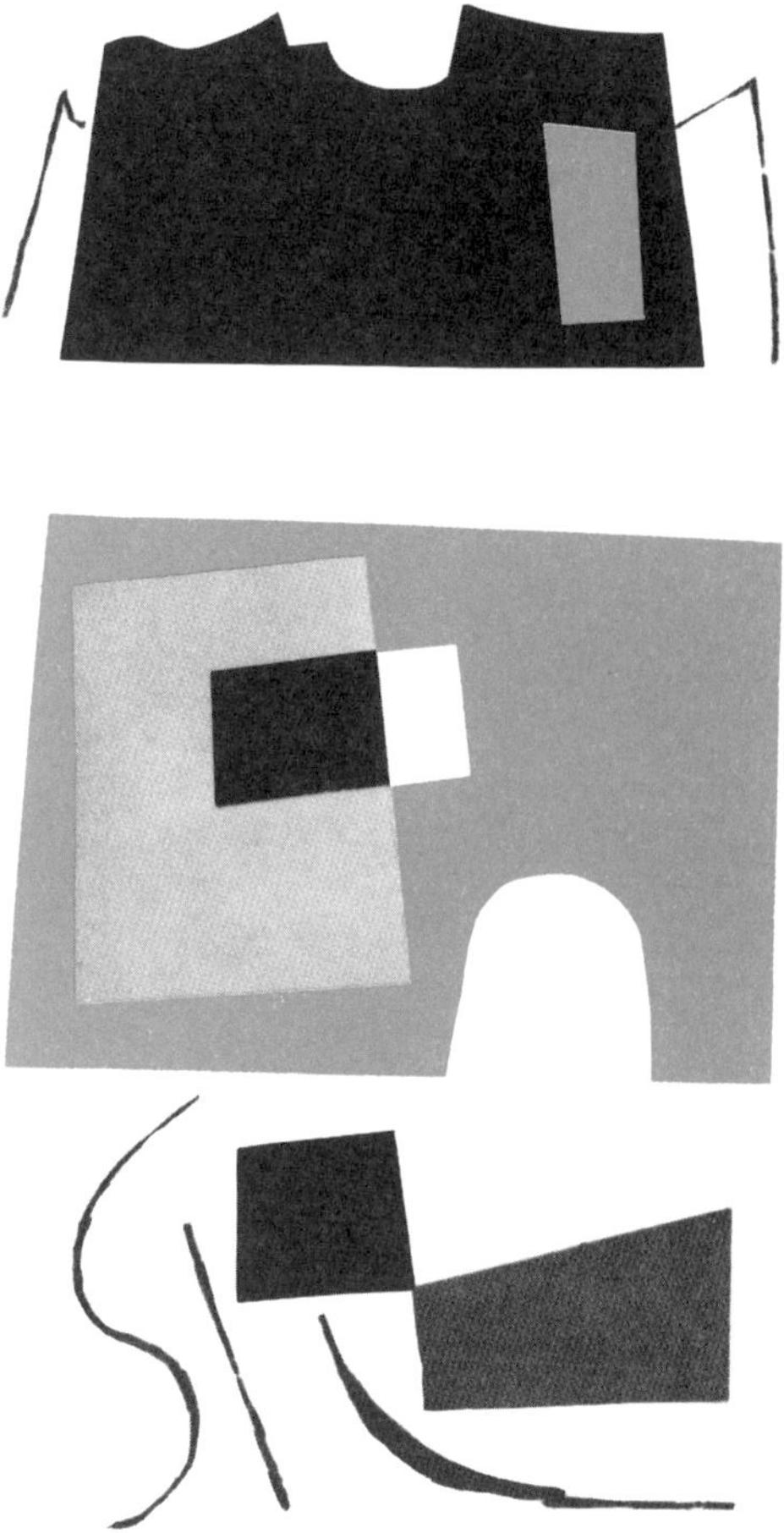

案内

山奥の小屋に泊まった翌朝だった。前の晩は常識はずれに遅く辿りついて、そこそこに眠ってしまったので、小屋の主人とは朝になって改めて挨拶をし、爽やかな朝日が戸口から射し込む炉端で、お茶を飲みながら話した。この小屋は、歩くのを億劫《おっくう》がる人にはかなり不便なところにあるが、温泉があるのがちょっとした魅力である。もっとも私は、山歩きの途中で温泉につかることにはそれほどの悦びは感じない。主人との話で、その湯元は、十五分ほど谷をのぼったところにあると聞いたので、朝の食事を済ませてから行ってみることにした。

私が立ちあがって靴を穿いていると、小屋の主人は、おいお前、案内して来い、と炉端でちょこんと胡坐《あぐら》をかいている子供に言いつけた。よしきた、と別にいやがりもせずに早速立った子供はまだ五つにもならない。私はこんなちっぽけな子供に案内されるのははじめてのことだった。

山の奥のことで、ほかに近くに子供がいるわけでもないので、おかしいほどに大人の言葉づかいであった。この石は滑るから気をつけろとか、横から突き出した木の枝をおさえて、はねるぞ、いいかい、とか言って、大きなゴム長を穿いて私の前をせっせと歩くのだった。

甘えることを全く知らず、柄は小さくとも、言うことなすこと、すべてが一人前である。

ここが湯元だというところに来る。石を積み、犬小屋よりは少し大きい屋根がかぶせてあった。子供がその苔だらけの、もう新しくした方がいいような板をぶちつけた屋根を横に引っぱると、ぽっぽと蒸気を吹いているのがのぞき込める。お客さん、手を入れるんじゃあないぞ、手でも突っ込もうもんなら大やけどだ。そんなことを澄ました顔して言うのだった。この小さい案内人と、谷の中の、丸い石に並んで腰かけた時、私は上衣のポケットに入れて来たチョコレートを、さて出したものかどうしたものか、おかしな気持で迷うのだった。

さて、その小屋から、はじめての道を通って里へ下りることにした。小屋の親子に別れの挨拶を告げて、荷物を背負いあげると、主人はまた、今度は狐色の小屋の犬に案内しろと言った。

私は三時間ばかりの山みちを、その犬のあとをついて歩いた。どこまで私の言葉が通じるか、ともかく黙って歩いているわけには行かなかった。途中で二、三度スケッチ・ブックをあけると、犬は傍へ来て、心得たような顔をして坐っていた。分かれみちのあるところへ来ると、犬は私の方を振りかえり、間違いなくついて来ていることを確かめてから一方の道を歩いて行くのだった。

村に入って、小さな雑貨屋の店の前まで来ると、犬は私の方をちょっと見てから、その店へ入って行った。小屋の主人が私に話していた店で、犬はここで一ぷくして、また山みちを帰って行くということだった。

石仏

その時の旅では、私の越す最後の峠、薄く霞む遠方の山なみも、私の足をそう長くはとめておかなかった。一ぷくして下りにかかった。何も考えるようなことはなく、薄陽が洩れる林の中の、なだらかな坂道を下って来た。そして山の鼻をぐるっとまわったところで、すぐ下に部落の農家の屋根が三つ四つ見えた。

随分はやく下ってしまったような気がして時計を見る。しかしそれはあまり意味のないことだった。

部落の戸数はほんの数えるほどであったが、私の歩く道の片側が、かなり傾斜のある畑になっていて、そこに農夫たちが点々と野良仕事に出ていた。畑を耕す手をやすめるほどではなかったが、

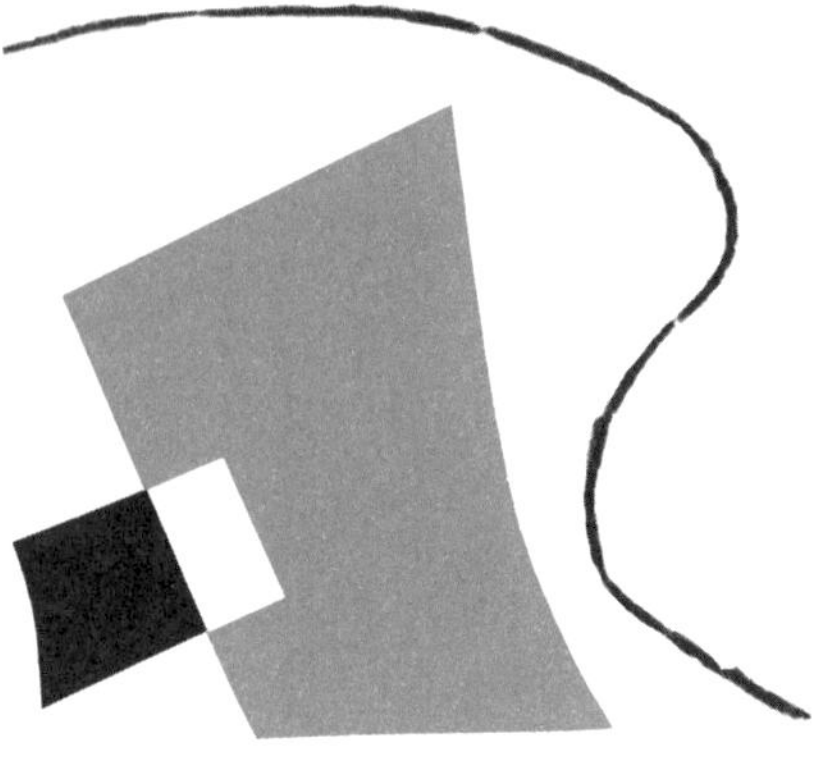

私の方をちらちら見るのが妙に窮屈に感じられ、肩をすぼめるような気分になって通り抜けた。幾つになったら、こういうところを平気で歩けるようになるのだろうと思ったこともあったが、歳をとればとるほど余計、息詰るような気持がはげしくなる。

それから十分ばかり歩いたところに、ここそ休むのに工合のいい草の土手があった。そこへ腰を下ろすと、あと三、四十分ばかり歩けば辿りつけそうな川が真面《まおもて》に見えていて、その向こうは山が遠く退いて、その輪郭さえもぼんやりとしか見えなかった。

荷を草むらに置く時に、土手の上を見ると古い石仏があった。殆ど自然そのままの石のように古び、人の手が刻んだあとなどは僅かにしか残っていなかった。それと、男女の姿が寄り合っている道祖神でないことは確かであったが、あとは何と

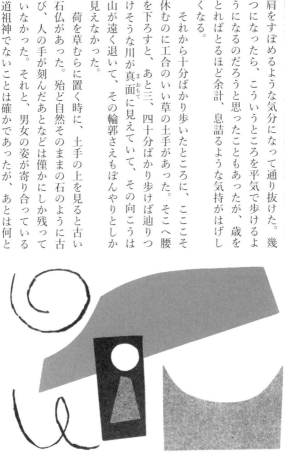

よんだらいいのか分からないような石仏であった。

それが石仏であるというもう一つの証拠は、その前にムラサキツメクサの花が三つ、どういう意味かきちんと並べて置いてあったことである。

私はこういう石仏などには特別の関心もないので、ただそれだけのこととして、土手の草のやわらかい場所を選んで休んでいた。

陽射しはずっと淡く、草の匂いもほどほどで何だか暫く眠ってもいいような気がして来た。

その時、下の方から子供の声が聞こえて来た。まだ口がよくまわらないのによく喋《しゃべ》るのでさっぱり分からない。群れてさわいでいる小鳥のようなものだった。

女の子が三人、年上がせいぜい五つ、あとの二人は三つぐらいで、彼女たちは私の姿をみつけるとお喋りをぴたっとやめ、引きかえすこともできずに、こわばった歩き方になって、すりぬけるように私の前の道を通って行った。

子供たちは、私が声をかけないように念じ、それがこちらに伝わっている以上、話しかけるような残酷なことはしなかった。見知らぬ人間はしばしば答えようもないことを訊ねるものだ。だが、ただひと言だけ訊ねてみたいことがあった。

三人の小さい手にはムラサキツメクサの花が何本かずつ握られてあったが、この土手の上の石仏に同じ花を供えたのは、君たち三人だったのではないかということを。

再会

ひとりで山へ入って行く時だった。少し肩にこたえる荷を背負って山麓の扇状地の、だらだら登りの道から谷へと入って行った。谷へ入って一時間ほど歩くと、そこに最後の、五、六軒の部落があった。

わらじを穿《は》いたもも引姿の樵夫《きこり》が、挨拶をする私を見て、ひとりかねと訊ねた。私は「ええ」と言うかわりに、行儀のいい田舎の子供のように「はい」と答えた。そして立ちどまらずに、少し歩調をゆるめて歩いて行くと、狐色の、顔付も狐そっくりの犬が向こうからやって来た。

吠えられるかなと思った。あるいは道幅が広くないので、こそこそとすりぬけて行くかなと思った。ところが、犬は、そっぽを向いて出した私の手をなめた。妙に人なつっこい犬だった。樵夫と出会った時には立ちどまらなかったのに、尾を振り、手をなめる犬の前では立ちどまらずにはいられなかった。

私はしゃがみ込んで、犬の頭を両手でかきまわすようにして、また会えるかも知れないからなと言って歩き出した。少し歩いては、三度ばかり振り返ったが、じっと立ってこちらを見ていた。

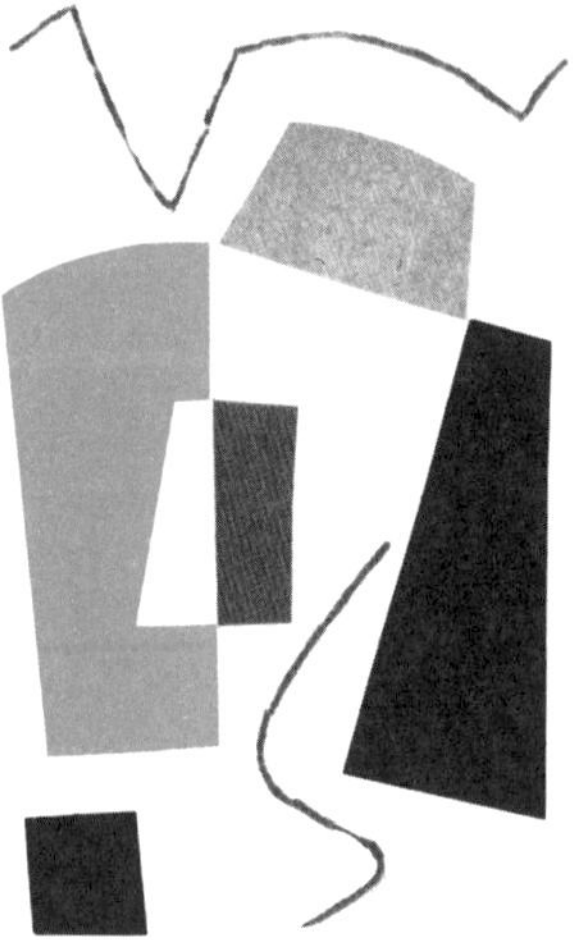

こんなおとなしい犬を連れて山を歩いたらどんなにかいいだろうなと、ついぞ考えてみたこともない犬と一緒の山旅を想像し、自分一人で歩いて行く山道がふと寂しく思われるのだった。

しかしそのまま山深く入ってしまうと、もうそんなことはすっかりと忘れてしまって、まだ夏まえの、人影のない山を歩き、無人小屋にもぐりこんだ。ひどい雨も降ったが、梅雨のあい間の、からっと晴れ渡った日もあった。山頂近くと急な谷にはまだ雪が豊かに白かった。

さて、そろそろ山を下りはじめようかと考えた日、登って来た同じ道を戻るのもつまらないので、一つ大きな峠を越えて、まだこれまで歩いたことのない道を、向こう側へと下ろうと思い立った。

その時、私は、山へ入る日に、谷の最後の部落で尾を振って親しくしたあの狐のような犬のことを思い出した。すると、ほかの一切の期待を捨てるのがまことに簡単で、もう一度その犬に会うために、登って来た道をいそいそと下った。

休みなく歩いた後に、部落の屋根が見え出した。その時、私の鼓動は滑稽なほどに高まった。部落に入って、まっすぐな道を見渡したが、犬はいなかった。声を出して呼ぼうにも犬の名を知らなかった。

私はかなり真剣になってさがした。すると農家の納屋の前にうずくまっているのを見つけた。犬は私を見て、走り寄って来るものと思い、口笛まで鳴らしながら大きく手を振った。だが犬は、確かに私の方をじっと見ているのに、立ち上がろうともしなかった。

長い山道を、犬の頭をもう一度叩いてやるために一日かかって下って来たのに、そして再びこうしてめぐり会ったのに、何ということだ。

私はむっつりして日暮れの道を歩いた。誰に関係のあることでもない。大して日焼けもしていないのに、急に顔がほてって来た。

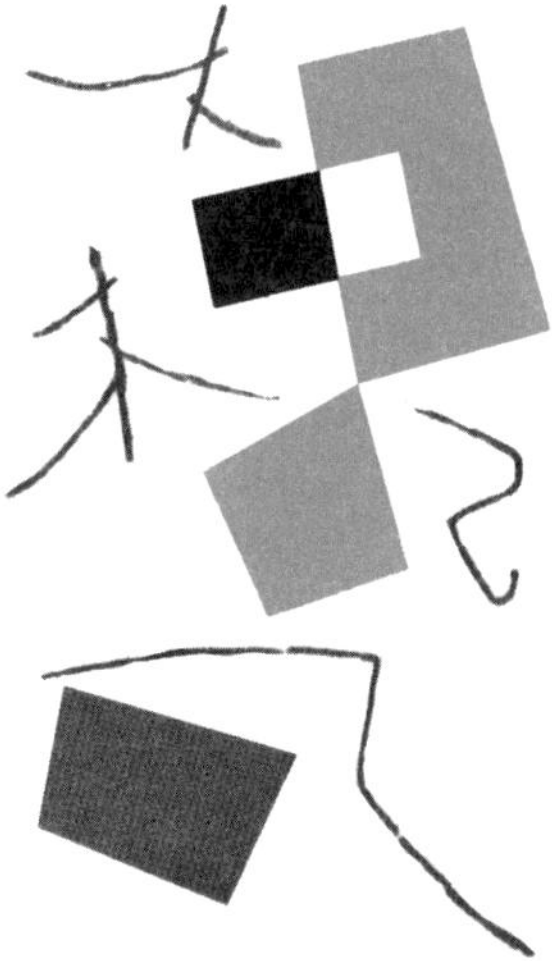

原始の森

朝から風が吹いていた。かなりいたんでいる無人小屋にひと晩泊めてもらい、小屋に吹きつける風の音で、まとまりのない夢を見たりした挙句に、結局その風のために早起きをしてしまったようなものだった。食欲がないし、近くに水のありそうなところもないので、方角の大体の見当をつけて森へ入って行った。森へ入ると、風はそれほど強いとは思えなかったが、地上の大きな物を殊更に選んで、そこへ異常な重圧を加えているような、底力のある薄気味の悪い風だった。木々の梢の、その枝先の騒ぎは左程ではないのに、大木の幹の軋み合う音がところどころで聞こえていた。私が、聞き取るという努力をそこへ加えていたことは確かだが、その軋む音は一種の森の言葉のようだった。苦痛を訴えているのか、何ものかに向かって恨みを言っているのか、それとも悲愴な気分の中で、逆に悦びを歌っているのか、それは分からなかった。ちょっとした想像から早合点をするのはよくないと思い、再び軋む音として聞くように、自分の耳を整えながら、一層深く森へ入って行った。原始林などという言葉は、やたらには使えないが、この森には人の手が加えられていないことは確かだった。木々の枝は天を蔽《おお》ってはいるが、自分のいる此処は地上である。しかし地上でありながら、地下深く下って来たところにある幻想の国、あるいは、大きすぎてその全体を見ることの出来ないある生物の、胎内の一部という感じもした。木々が一層強烈に軋む音を立てはじめると、今度は否応なしに、骨をすり合わせる痛みを怺《こら》えるための、悲痛なうめきとしか聞こえないのだった。下草をかき分け、踏み分けして立ちどまると、森は天空を完全に蔽っていた。青い天も、灰色の天も、赤く燃える天をも覗くことの出来る隙間は、どこをさがしてもなかった。天からの光は遮られ、そのほんの僅かのものが、幾枚もの梢の木の葉にあたり、それをとおして森の中へと入って来たが、それは射し込む光ではなく、鈍く曇って、やっとしたたり落ちる雫のようなものだった。

原始のままのその森には、緑の生命の匂いも、ぞっとするほどに漂ってはいたが、若々しい、踊るような漂いではなく、それは這いまわる死の匂いと入り交っていた。生と死との葛藤はなく、むしろ殆ど解け合った状態だった。森の中では、木が倒れる。自分を支える力を失った時に、倒れる。それから長い時をかけて朽ちて行くが、そこから立ちのぼる、あまり強烈すぎる死の匂いをやわらげるために、まるでそのために存在するような苔が、この倒れたままの木の屍を蔽っていた。小鳥の囀る季節なのに、その声はどこにもない。蝶や蛾の飛ぶ姿もない。けものみちと思えるようなものも何処にも見当たらないが、この原始のままの森は、自らの尊厳に酔って、けものの棲むことを拒んでいるようだった。

思案

青臭い熱気がもう私をなやまさなくなった。さっき一度、こんなところに、こんな小さい谷がどうしてあったのだろうと呆れたついでに、そこでぐったりした体を充分に休ませたのが賢明であった。

谷には僅かではあったが、両手ですくいあげて顔をざぶざぶ洗い、それから落ちついてごくりごくりと飲める水があり、流した汗の水分だけを簡単に補充できた。そこで陽が傾くまで、膝をかかえて、多少我慢するような心持でじっとしていたのがよかった。

日が傾きさえすれば、森や草原の、緑のうねりの豊かさを、青臭い熱気などとは言わない。淀んだような空気も何処かへ流れ、何処からか夏の山の夕暮れの間近さを伝える、薄《はっ》荷《か》のまじったような涼しい味がやって来る。

私はもう汗をかくまいと、意識してゆっくりと尾根へ向かって登った。尾根の上にひろがっている空は赤味が加わって行く。

ほんとうはこんなゆっくりした登り方は工合がよくない。疲れてもいないのに、疲れ果てた時のような足の運び方をするので、拍子がうまくとれない。

すべてはもう決してあんなばからしい汗のかき方などはするまいということに結びつい

てる。

それで、更に日が傾いて、涼しい風が草をふるわせると、私はもう少し早く登ってもいいことになる。そこで更に腰にさしていた扇子をひろげて、顔のあたりに風を送ると、更にもう少し急いでもいいことになる。

尾根に出た。ちょうどそこは、尾根が二つに分かれているところで、道はついていないが、大きく湾曲した一方の尾根が私を誘惑した。

その尾根は結局里へと下って行くことになるが、いつまでも明るく、急げば日が暮れ

切らないうちに、下の方の見通しのよくきくところまでは行けそうに思えた。

充分に日の長い季節の、夕方六時少し前。私は膝がかくれるぐらいの草の中に立って、登るつもりでやって来た尾根を見あげながら、頭の中には、そのなだらかにのびている一方の尾根がどうにも気になって、思案をしているのだった。

一人で山を歩いている時には、その途中で計画を変更することがあるにしても、いつも至極あっさりと決めてしまうのが習いであったのに、尾根に出たところでこの小休憩をいいことにして珍しく迷いはじめてしまったのである。

思ってても見なかった、急に現われた片方の尾根と、幾つ瘤《こぶ》があるか、ともかくその頂きはここからは見えない登りの尾根との、そのいずれにも、私を待ち構えている何かがあるように思えた。それを静かに考えてみるが、いつまで考えてもさばさばとした気分になれるような結論は出て来ない。私は本当はどちらへ行きたいのだろう。こんな時に山のどこかの扉があいて、冷たい風でも吹いてくれれば、迷いは消えるのだろうが……。

空の赤味はさっきよりは薄れて来た。けれどもそれは夜の知らせのようではなかったし、とっぷりと暮れることなどは何もおそれてはいなかった。

私は立っているのがばからしくなって、草の中に坐り込んだ。

谷底

今から十数年前に、この谷の、同じこの道を歩いた。その時は高い木の梢でオオルリがしきりに鳴いていた。霧もかなり濃く、小雨も降っていたが、その雨と霧との中で、かすかに見える木の天辺《てっぺん》で鳴いていた。

季節も大体は同じ夏のはじめ。もうそろそろ梅雨もあけてくれていいと思うような頃なのに、さっぱり今日は鳥の声を聞かない。オオルリばかりでなく、何の鳥も鳴かず、立ちどまって見廻しても、姿も見せない。谷の緑の中を歩いていて、こんなことがあったかと思う。

鳥の声に、特別の期待を抱いてやって来たわけではないけれど、こんなに深閑としているのに気がつくと、少しは薄気味の悪さも感じないわけではない。

谷の川音が聞こえているようないないような、耳がふさがってしまったような気分。欠伸《あくび》でもすると、頭の中ががくんと言って、狼狽しながら回転しはじめる。頭の中の機械は、どうもそれほど複雑なものではないらしい。

辿る道と川の流れとの距離だけで、川音が大きくなったり、小さく遠ざかったりするのではない。そんなことを単純に気にかけて歩いているうちに、また頭の中ははれぼったく

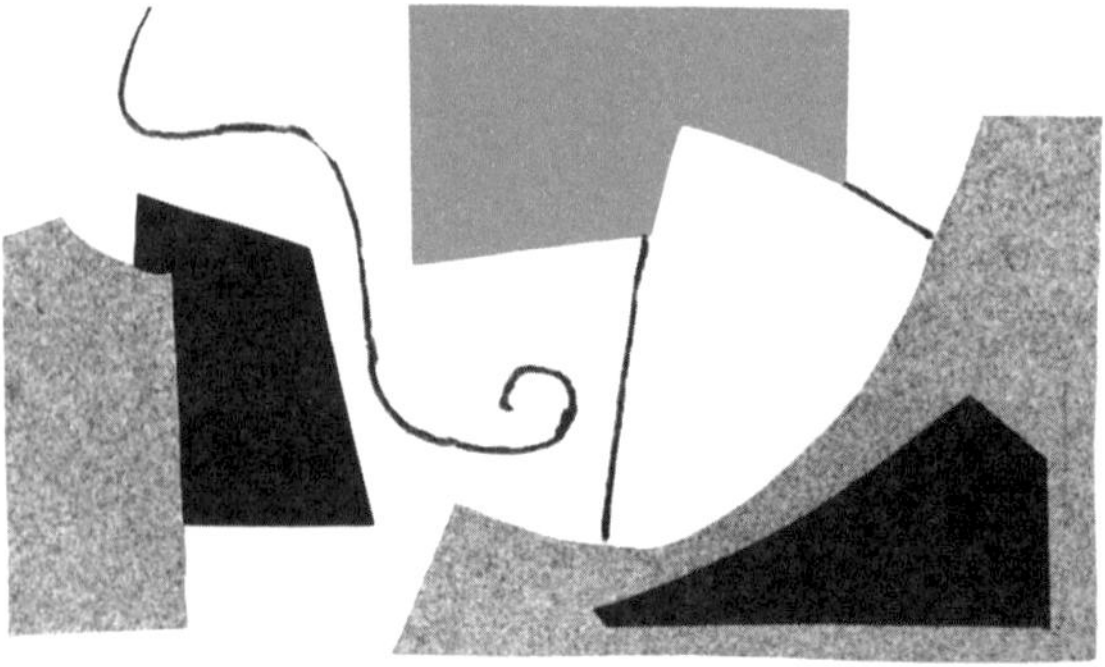

なってしまう。そうなると考える事柄も自分らしくなくなり、しまいには思考は熟睡してしまう。
こういう時に、オオルリのようにきれいな声の囀りが聞こえて来ると、頭の中にぽてっとはりついた餅のようなものが、とけて消えて、私の感覚も活潑になり、緑に繁る谷全体も賑やかな世界になってくれるのだが、これでは、ただ川上へ向かって歩いているらしい、それも曖昧な意識だけで、ほかには何もない。
どうにも私は自分が不満で仕方がない。その不満も、また却ってしばらくは伴れとして歩いてもいいなどと思っていると、道が急に下りになり、そのまま川原へ出てしまった。
川原へ出てみると、私はこの場所を思い出した。なんだか自分の膝をぽんと叩きたくなった。ここから先は、誰が積んだものか、ケルンを目あてに、ごろごろした大小の石を踏み、流れを飛び越えて行くことになる。見上げる尾根は両側ともいやに急で高い。ここまで風はなかなか沈み込んでは来ないが、尾根の上の方では、木の葉が涼しそうにさわいでいる。ここはまさに谷底であった。

私はここで、休息をする。時間を決めて、それぞれと自分をせき立てるような、そんなけちな休息ではない。荷を下ろし、シャツのボタンをはずし、顔を洗ってまず一本目の煙草をくわえながら、ゆっくりと考える。石を積んで竈《かまど》を造り、炊事でもはじめようか。充分の水と焚木があるところで、やってくことは炊事である。

ところがすぐそれに取りかかるのは億劫《おっくう》であるから、私の前をよじれて流れる水でも、しばらくのあいだ見ていることにしようか。

何をしたところで、この深い谷底では、私は貧弱な存在である。うれしい存在ではないか。

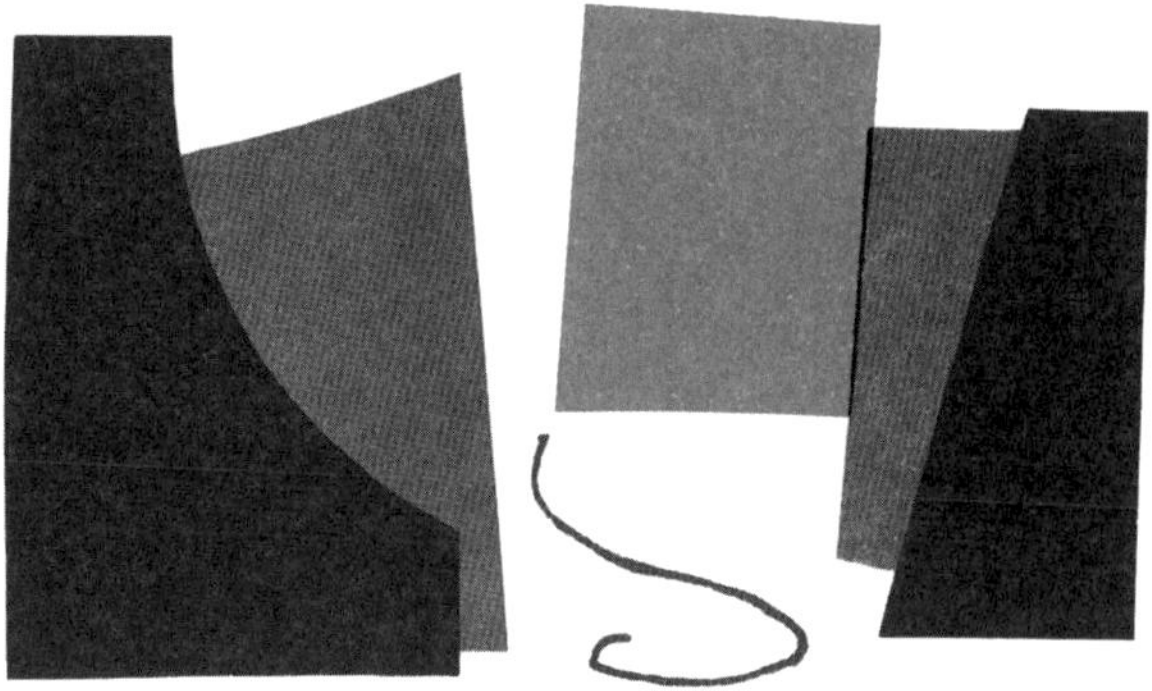

花

私にはもう山の花の絵は描けなくなった。そんな言い方をすると、以前にはいかにもうまく描けたように受け取れるかも知れない。しかし以前はともかく、一生懸命に写生をして、雄蕊《おしべ》が十本あれば十本描き、花弁が複雑に重なり合っていれば、何とかその通りに描こうとした。今はそういう細かいものがよく見えない。眼鏡を出してかけ、それでも覚束ない時には拡大鏡を取り出す。しかしそんなことをして花の絵を描くのは、今の私には辛い。しかし幸いにして、一度調べたり、ばか正直に描いたものは、二重三重に見える眼でも見当をつけることはそれほど困難ではない。もう一つ別の原因が考えられるが、山の絵を描き雲を描いたその直後に、花に向かってこれを描こうとすると、特別に大きなものから、特別に繊細な仕組みを持ったものに移ることになって、私の心構えの切り替えがどうもうまく行かない。しかしこれは少しあやしい理由のようでもある。高い山の花は、夏でも冷たい風や雨や霧を好んで、荒々しい自然の中に生きる。あるいは、そうした自然の状態にたえられるものが山に咲く花なのか。それはどう考えてもいいわけだが、この自然の、山の現実に対して、人間は妙な固定観念を作ってしまった。花というものは、人間が考えているように弱々しく可憐ではない。色や小さい姿から、直ちに受け取って作ってしまう観念を、もう一度吟味しなければならない。それにしても、花と人との長いあいだのいろいろの付き合いが背後にある。これを一度断ち切ってみようなどと思っているのではない。そんな大袈裟なことをしたところで、何の結果が生まれる筈もない。正常な植物学的知識を持つこと、それも勿論いいことである。名前を覚えてそれで終わることのない知識であるならば。しかし多分、植物学者であると自認している人でない限り、感情の動揺を全く抜きにした知識を積み上げて行くのはまことにむずかしいことである。それならば。

私は思い出すことがある。ある、山での負傷者が、一人で山から下りて来た。私はその傷の状態をきいて、どうして一人で山を下れたか、それが今でも不思議でならない。それほど傷口はひどかった。彼は山麓まで来るのにどのくらいの時間を使ったか、どうしても計算できないという。

その彼が、麓へ辿りついて、もうこれで何とか死からのがれることが出来たと思った時、意識が急速に失われて行きそうになった。彼ががっくりと坐り込んだ草原に、黄色い花が一輪咲いていた。彼はよく見かける花だと言ったが、その花の名前は知らなかった。ただこの花がもし自分の目の前に咲いていなかったら、そこで自分の意識はなくなり、死からのがれることが出来たと思ったことによって、自ら世界と別れてしまったろうと語った。私はこの他人の体験には注釈をつけ加えたくない。ただロマンティックな話だと思われては困る。

青い鳥

雀や烏は青い鳥とは言えない。褐色の鳥、黒い鳥である。

しかし、もしもその名を知らなければ、青い鳥というより呼び方のないような鳥もいる。オオルリ、コルリ、ルリビタキ、それに緑色を青い色という人は、カワセミやアオゲラを見た時にも、あの青い鳥と言って指さすかも知れない。

私はこれらの鳥に出会った多くの山の場所を思い出すことができる。そしてそれらの囀りをも。それは私の山の思い出の中では重要な部分であるし、そういう思い出があることは幸せと言わなければならない。

オオルリ、コルリ、それにルリビタキの声もきれいである。その囀りの、遠くまで澄んで通るのに比べれば、これらの鳥を目撃する機会は少ない。ただ、近くにいれば、彼らの鮮やかな色は、見た途端に息がとまりそうになる。大袈裟な言い方ではない。

山の中でたまたま出会うこれらの青い鳥は、勿論メーテルリンクの青い鳥、幸福の秘密を教える鳥とは関係ないが、青という色と幸福とは、そんなに気紛れな結びつきとも思えない。どういうことなのか。海も青いし、晴れ渡った空も青い。その大きな、というより大きさを超えたひろがりを、私たちに知らせてくれる青さである。もしも私たちに翼を与

えられることがあったら、何処へ行くよりもまず、そこへ飛んで行きたいと思う青さが、翼を持たない人間を包んでいる。

幸福は憧れかも知れない。青い憧れかも知れない。

晴れた日の、高く突きあげた尾根みちを、ひとりでいそいそと歩いていられるような時に、この悦びを今すぐに、その場で語り合える相手のいないのを寂しく思い、その爽快な気分を、ひとり占めにしているのが、勿体ないような、贅沢すぎるような気になる。

そういう時に、まさにそういう時に、一体何が原因になるのか、不意に不安に襲われる。膝から力が抜け、真夏の山の炎天下にいながら寒々とした不安に飛びつかれてしまう。自分は、大きさとして感じられないほど大きなものに弄ばれ、からかわれているのではあるまいか。

それとも私が、大変な思いちがいをしながら一生涯をすまして過ごしているのではあるまいか。その次の瞬間に、今度は考えることの不幸を知る。自動切換えの思考法でない人間の思考の不便を知る。私は山の中で、何の結果も生まれて来ない考えを好んでもいるようだ。これが時々、せっかくの爽やかな気分を直ちに曇らせてしまう。

青い鳥になれたら、その時から幸福は考えない。それを感じるようなこともない。なれないと知りながら憧れることによって、空しさの中に落ちて行く。

幻想

秋風がかなり激しく吹く山の中に立っていた。そこは山の頂上ではなく、頂上に近いところでもなかった。

風の中を登って来た。山の肌を蔽《おお》う草が、背をかがめてうろたえていた。風はそれほど冷たくはなかったが、天から下って来て直接に秋草を威嚇し、その吹き荒れ方にはどう見ても優しさというものを感じるわけには行かなかった。そういう風の中に立って、私は考えた。

この地上に生命を抱いて存在するすべてのものは、勿論人間をも含めて、善意や悪意のあるなしとは無関係に、天上からの荒々しい仕打ちを受けなければならない。どうしてこんなにいかめしく吹き荒れる風に出会わなければならないのか。こういう苦悶の中に自ら捲き込まれようとするのは、人間の、愚かと言えば愚かな好みである。草木はそんな好みを持ち合わせていない。生命を全うする時期よりも早く、たとえ無残な死を受けても、愚かな苦しみの表情を見せない。ところで私は、結局は同じ愚かな好みかも知れないが、少し外れたところに立っている感じがした。幾らかのほこらしささえもそれに交えながら。

私は素晴らしいことを考えたとも言える。また、ほかのどんなところでも、これほど幼稚な考えを抱いたことはないとも言える。それは同じことであった。なぜなら、何を考えても、殆ど休みなく吹き続ける秋風は、片っぱしからそれをせっせと運び去ってしまったのだから。そしてそのあとに残ったものは幻想としか言えないようなものだった。私はそれを、あまり持ち帰りたいとは思わなかった。それらの幻想を私自身の言葉で語るのは苦痛に近い。実をいうと、強く吹く秋風を求めて、それに思う存分吹かれるために、山へ登って来た。だから私は満足に近い状態で、道を無視し、地形をも無視して歩き、方々で立ちどまった。

　風よ。望むものがあるのだったら私から奪って行け。どんなものでも私には惜しいと思うものはない。私は奪われ、剥ぎ取られ、遠くへ持ち去られることを望んでいる。

　すると風は、私にからみつきながら、運び去っ

た。その仕方は決して無作法ではなかった。山の世界は狂気の青さになって行った。そこにやがて深い寂しさの白い影が滲み、滲み渡って、視界が消えて行くのかと見ていると、再び元の青さへと戻って行った。

風は私から何を持って行ったか。そんなことは今になって思い出したくもない。また思い出せる筈もない。

私は骨だけになった。私は自分の骨をはじめて見た。それは枯れて乾いて、倒れずにいる死んだ木によく似ていた。そこに僅かばかりの神経が糸屑のようにからみついていた。

私の無器用の故に、これあるがために感じる必要のない疼痛をもてあまして来た。風に、一番持ち去ってもらいたかったのはこれだった。そう思いながら私は自分の、恐らくはもう何の役にも立たなくなった神経をつまみ捨てた。

麓の道

夏草の、いきれの烈しい麓の道を、山に向かうのでもなく、山から去って行くのでもなく、木蔭と風とを幾らか欲しがりながら歩いて行った。山近い丘の、こういう道が、私にとっては一つの発見であった。ところどころに、開墾された畑があったが、そこは、持主の農夫の家からあまり遠く離れているせいか、あるいは地味の加減か、豊かな実りを期待されるような農作物は見られなかった。見廻したところ、農夫の姿はどこにもなかったが、もしもこの畑へ、鍬《くわ》をかつぎ、籠を背負ってやって来る者がいるとしたら、それは、腰の曲がった、力の衰えのはっきりと見える痩せた年寄りしか想像できなかった。そんな畑のわきの、轍《わだち》のあとなどはついていない細い道を歩いて行くと、急に日が翳《かげ》った。反射的に空を見あげると、大きな雲が、烈しく燃える太陽を今呑んだところで、雲のへりはまぶしく輝き、青黒い空に光の線が何本か数えられ、白い雲は薄墨の色を次第に濃くして行った。

私は汗を拭い、そこにしばらく立っていたが、風はまだどこからも吹いて来なかった。その風を待つ気持を察してくれたのかと思えるように、少し離れて黒々と茂る森の方から、蜩《ひぐらし》の声がきこえて来た。まだ日暮れには早いのに、山の麓のこういうところでは、急に日が翳ったりすると蜩が啼く。それも夜明けや夕暮れ時と同じように、最初のひと声に刺戟されて、次々と啼き出し、輪唱をたのしんでいるように、次第に賑やかになって行くのである。待っている風は来なくとも、日光をさえぎる大きな雲と、この蜩の声とでほっとした気分になり、また道を辿る嬉しい元気が甦る。そして余程前から目にはとまっていた夏草の中の花々が、急に私の中へ、爽やかなものをそそぎ込む。かわらなでしこ、のこぎりそう。薮にからまる仙人草も、もう咲きはじめて、その白がこぼれそうである。旅人の悦びとそれを呼ぶ仙人草が咲いたのなら、私の旅も夏のけだるさから抜け出して、麓の道を、また明日も歩いて行けるだろう。雲のかげになって、朝からの熱気を怺《こら》え続けていたようなあたりの自然も、私と同じように、爽やかなものを思い出し、息を入れているように見えた。

大きな積雲が通り過ぎて、再びあたりは炎天の、ゴッホの絵になったが、それからまた勇敢に太陽を呑む雲がやって来た。私の気持は、もうその度毎に大して動揺することもなく、川原へと向かった下り坂を歩いた。

乾いて罅《ひび》割れた土を蟻が右往左往し、近くに蟻塚があるような甘ずっぱい匂いがした。蛇が道を横切り、音を立てずに草むらへ這入って行った。私は蟻や蛇を見た時に、知らない外国の山麓を歩いていて、ふと日本の山を思い出したような、奇妙な気持になった。

罠

広い谷だった。これから先にはもう家などはないのに、部落の一つや二つあってもおかしくないような、そこについている道の道幅も、三人並んで歩けるぐらいはあった。三人並んで行けるような山道を、一人で歩いて行くのは、灯の要る夜ならばともかくとして、秋の午前の、白い輝きをまぶしく見せる雲が、あっちこっちで、流れて行く方角を定めかねているような明るい中を山へ向かって行くとき、佗しくもなり、軽い苛立《いらだ》ちを覚える。やがてその道も細くなるだろうけど、細くなる前に、だんだんに流れから高く隔って行くのが、そうした苛立ちを少しずつ烈しくする。

私はその時こう考えた。自分は、山に登るのには少し無駄なものを持ち過ぎている。それを何処かに置いて、荷物も勿論のこと、気持の方も軽くして登るためには、このあたりで一旦川原へ下り、その川原がどんな容子《ようす》かは分からないが、石のあいだか近くの草むらにそれを置いて行く。

これはいい考えだと自分で決めた時には、私はもうまっすぐに藪を下っていた。

一年の半分を、緑に生きる植物の宿命の匂いは、その中をなかば泳ぐように下って行くと、けものの匂いに近いように思った。そう言えばこのあたりの山にはどんなけものが棲

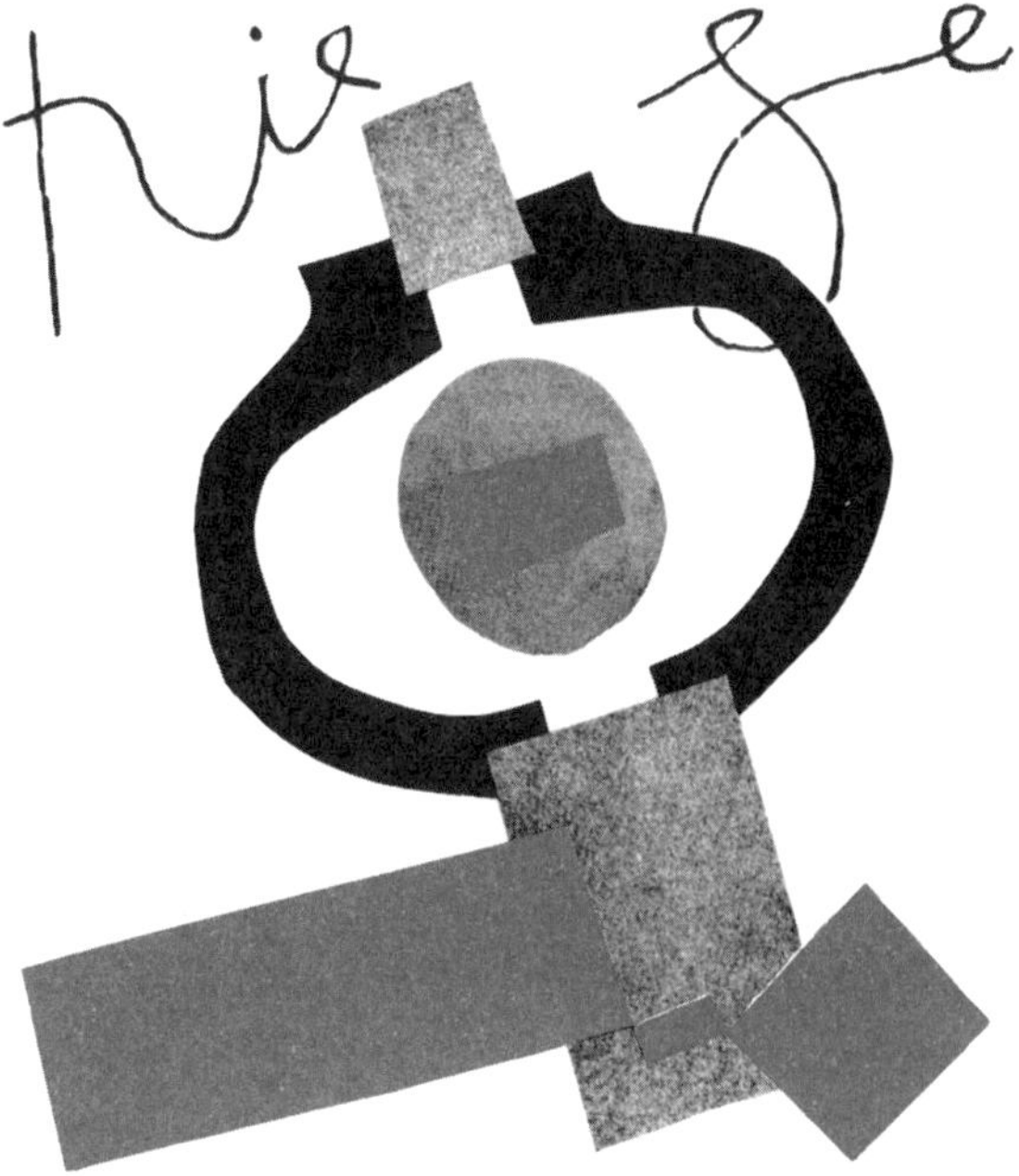

んでいるのだろう。

思った程の藪との格闘もなく、川原も願っていた以上にいい場所であった。水量は多くなかったが水がきれいだった。石が白く、石のあいだにたまっている砂も白かった。

私は一段高くなった場所に荷物を下ろした時に、それがはじめからの計画であったように、今日は終日ここで休んでしまうことに決めていた。流木も、歩きまわらずに簡単に拾えるし、雨が来そうにもない。

あたりを見廻しながらそんなことを考えていると、川原にせり出して来たような草むらに道らしいものを見つけた。勿論草が蔽《おお》いかぶさっているので、はっきりは分からない。私はそれでも気にかかるので草を分けて少し進んでみると、そこにかなり大きな罠《わな》が仕掛けてあるのを見付けた。

私はぞっとした。何故なら、罠のあることなどは全く想像もしていなかったので、ひたすらその道らしいものを確かめるのに、こごんで草を分けていたら、罠に触れた途端に私の手の指の二、三本はちぎれて何処かへ飛んでしまったかも知れない。

もう一度、今度は別の気持になって注意深く罠を見た。錆だらけのものだったが、確かにそこに落ちているものではなく、けものがそこへ鼻面を触れると、恐ろしい程に強い発条がはずれて、けものの首がはさまれ、眼玉も飛び出してしまうだろう。

私はその容子を想像した時に、これは早速棒切れか何かで、発条をはずしてしまおうと思った。しかしそんなことをしてこれを仕掛けて行った者がまわって来た時に、私を見つけて何をするか分からない。

私の迷いはそれからはじまり、川原で一夜をすごしながら、けものが罠にかからないように祈っていなければならなかった。

牧柵

雨の中を歩いていた。かなり広い牧場がもうそろそろだと思いながら歩いていると、突然、鉄条網がその道をさえぎっていた。

鉄条網は鉄の抗にからまっていて、それを乗り越えたり、もぐり込んだりすることはできなかった。有刺鉄線などという、その方が正式の呼び方かも知れない別の名前を思い出してみたが、それに引っかかって血を流す牛や羊を想像して痛々しかった。

しかし考えてみると、動物たちは賢くて、賢いが故にまた諦めも深く、そんな痛々しい姿になることはあるまいと思うと、その鉄条網に沿って、止むを得ず濡れて歩かなければならない私の腕から、突然血が流れるようなことがあるかも知れないと思った。

私は少し腹立たしくなって、どんな理由があったにせよ、こんなものが、あの素朴な牧柵にかわって行くのだったら、山の麓を歩くたのしみも、もうこのあたりでは失われてしまったと淋しくなった。

丸太をからめ、時には、枝がいくらかついているようなものまでまじっているのが、牧柵で、そういう牧場を私はあっちこっちの山の麓に思い出せるのだが、その中のいくつかは、ここと同じように鉄条網にかえられているのだろうか。

私は、こんな淋しい霧雨などの降っていない秋に、山へ登るよりは、牛と遊ぶことを目的として出かけて来たことがあった。そんなことだけを山旅の目的とするような時は、どうせ碌《ろく》なことがあった後ではないように思われそうだが、それは見当はずれの臆測である。

気がついてみると、どうも私のどこかに隠された我儘がじわじわと禍いとなって、のんきな話をして一緒に草

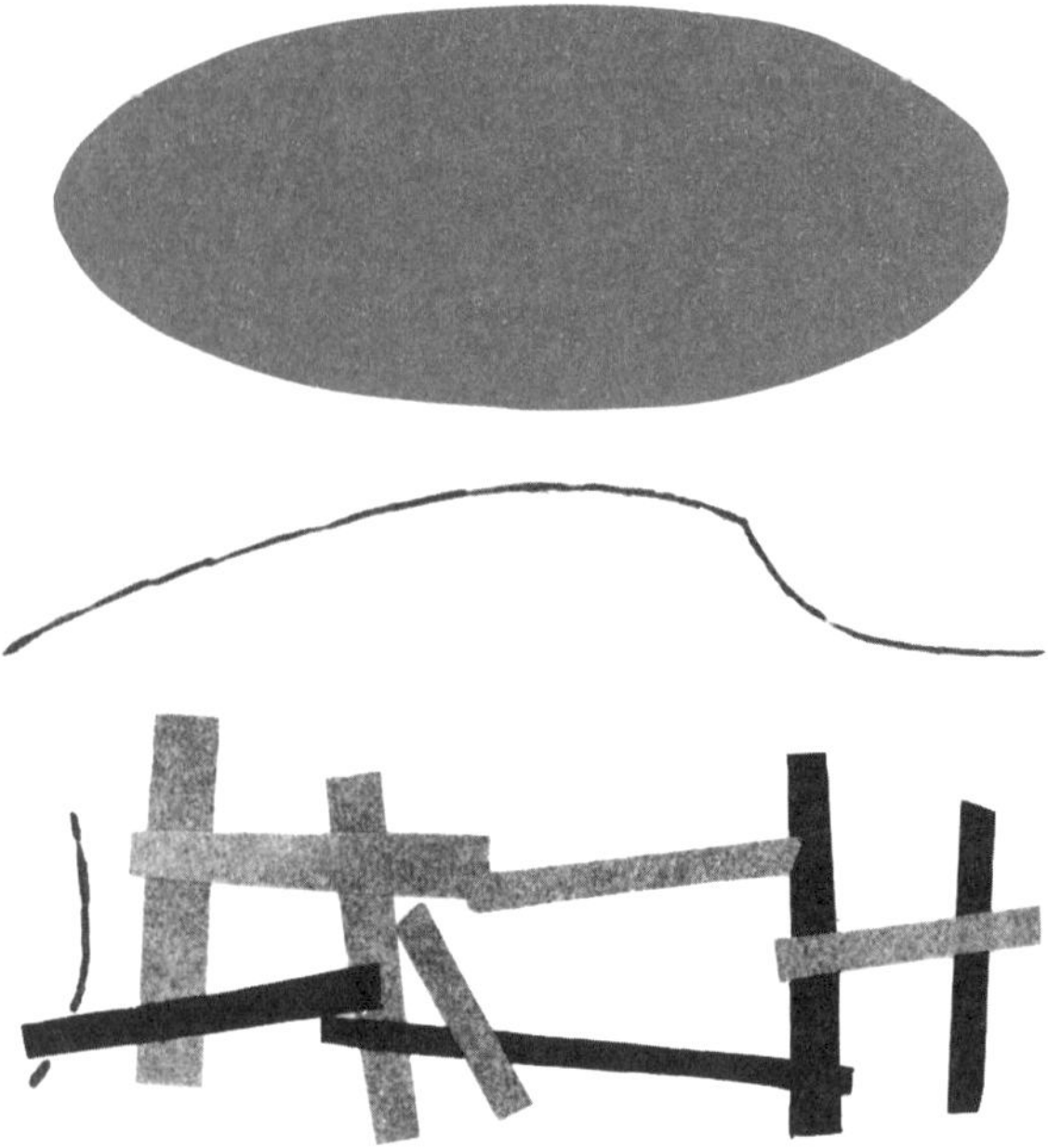

原にねころび、あくせく歩かずに二日三日を過ごそうという人もいなくなり、それならば私には、まだ相手になってもらえる牛がいたことを思い出したのだった。

多分そろそろ咲きはじめただろうということで、山道のある場所に年ごとに花を咲かせている特定の植物に会いに行く人もいるのだから、そしてそのために二日も三日も遠い道を歩く人もいるのだから、牛に会いに行くことなんか何でもないことだと思ってくれたまえ。

私はそこに、凭《もた》れても跨がっても、もう少しうまい工合に腰かけてもいい牧柵があることを知っていたし、その辺で遊んでいると、いつか知らないうちに、牛がやって来ることもまず間違いないことだった。

長い舌が時々異常なねばっこい湿りを補給している鼻面や、額のあたりの気取った巻毛や、睫毛の長い、風景がよく映る眼。それらの魅力的な大きな頭を、三十分も一緒にいると私の腕や肩にこすりつけて来る。

手が脚になってしまった牛は、そして自分からは人の言葉を発音できない牛は、思いあまった気持を伝えるのには、こうした動作が最も有効であると心得ている。

牛も私も、牧柵のところで驚くほどの時間をつぶしてしまうが、それが嬉しい。

焚火

どうも沢を一つ間違えたらしい。そう思いはじめた時は、その沢へ入ってから四、五十分も、ごろつく石の、歩きにくい川原を遡ってからだった。灯の用意をはじめなければならない時刻で、私はひとまず荷物を肩からおろし、手拭を流れにひたして、ざぶざぶと、いくらかつけ景気のように顔を洗った。顔を洗いながら、こんなに顔がほてるのは、風のない、歩きにくい沢を登って来たせいばかりではなかった。どうして私は、山の中で方角を見失ったり、沢をまちがえたりするのだろうと思ったその瞬間に、ひとりでこんなところを歩いているのだから、誰の手前、この失敗を恥じる必要もないのに、人の世の奇妙な習いで、血が顔をかけ巡った。それから、幾分落ちついて、この沢を登り切れなかったわけでもないし、どうせ予定していたもう一つの沢にも道は恐らくないのだろうから、取り違えて入って来てしまったこの沢の方が、却って賢明な選び方をした結果にならないとも限らない。それから灯をつけて、今度は一夜を明かすのに工合のいい場所をさがしながら、また小一時間ゆっくりと、なるべく無駄な汗などをかかないように歩いた。すると、水音は少しやかましいが、あまり湿気を含んでいない砂地が見つかった。掌で撫でまわしてみると、流石《さすが》に山の秋十月の、あまり無雑作には寝ころんでしまえない冷たさが感じられ、ここに横になる時には、もうかなり落ちている木の葉を集めて来るなり、藪から草をたっぷり引き抜いて来るなり、何か工夫が必要だった。順序がどうも逆だったかも知れないが、寝床の用意をあと廻しにして、その辺には細かい、骨のような流木がたくさんあったので、焚火をはじめた。それは懐中電灯の電池の節約ということも考えた。

火は最初、あまり威勢のいい燃え上がり方をしなかった。私は、こうして一人で火を燃やすと、いつも同じような、少々心細い燃え方をするのだった。それは何故だか私には分かっていた。つまり私は一人しかいない。だからこじんまりした焚火をしようとして、最初枯枝などをどっと燃やすやり方をせずに、けちけちと枝を小さくしながらくべるからだった。長い夜、相手がほしければこの焚火しかないと思うと、あまり最初に勢いよく燃やしてしまうと、その火の勢いが衰えて来た時に、それにつられて心細くなるのもいやだった。風が全くないばかりか、沢の空気も流れていないと見えて、煙も炎もまっすぐに立ちのぼった。顔をよけて煙をまともに受けないようにする、あの焚火につきものの動作などは全く忘れていられた。火の粉が舞いあがりはじめた。ズボンの泥が乾いて白っぽくなり、一度かけたシャツのボタンもはずしたくなった。この火を、まだ幾らかはこのあたりに残っている鳥や、どこかの藪をうろつこうとしている鼬《いたち》などが、遠くから見ているだろう。その驚きのまんまるい眼が見えるようだった。

下山術

長い尾根を下る。なだらかで、展望もよく、自然に足が軽々と出て膝の痛むような疲労も覚えない。

そういう尾根を下って行く途中で私はふと考える。山を下ることは山を登るよりも遙かにむずかしい。同じ道を登った時の、半分の時間、あるいは三分の一の時間で下りて来てしまうことは何の自慢にもならない。登りに道草を食う悦びを知っているならば、下りにもそれを充分に味わっていい筈なのに、殆ど無意識に動いてしまう足という便利な乗物に乗って、何かあってもどんどんそこを通過してしまう。

調子のいい歌を思い出し、それで心を単純に酔わせてしまうのは戒めなければならない。心がはずみ、息は切れない。休息の理由はそれだけではつかめない。しかし立ちどまるのに、どうして正当な理由が必要なのだろうか。だが悲しいことに、幾らそのことに気がついたからと言って、私も山を下るのは上手ではない。

下るのにも、かなりの危険を伴う困難な道、緊張をゆるめるためには、安全な場所を選ばなければならないようなところ。そういう下り道では、私の思考はしばしば跡切《とぎ》れる。

山の中での思考は、跡切れることが大事である。そしてなるべく、跡切れたままにして、再び同じ思考へ戻らないことである。その理由を書き綴ってみる興味は私にはない。
ところが、苦労のない、ゆるやかに滑って行くような下り道で、もし何かを考えはじめ

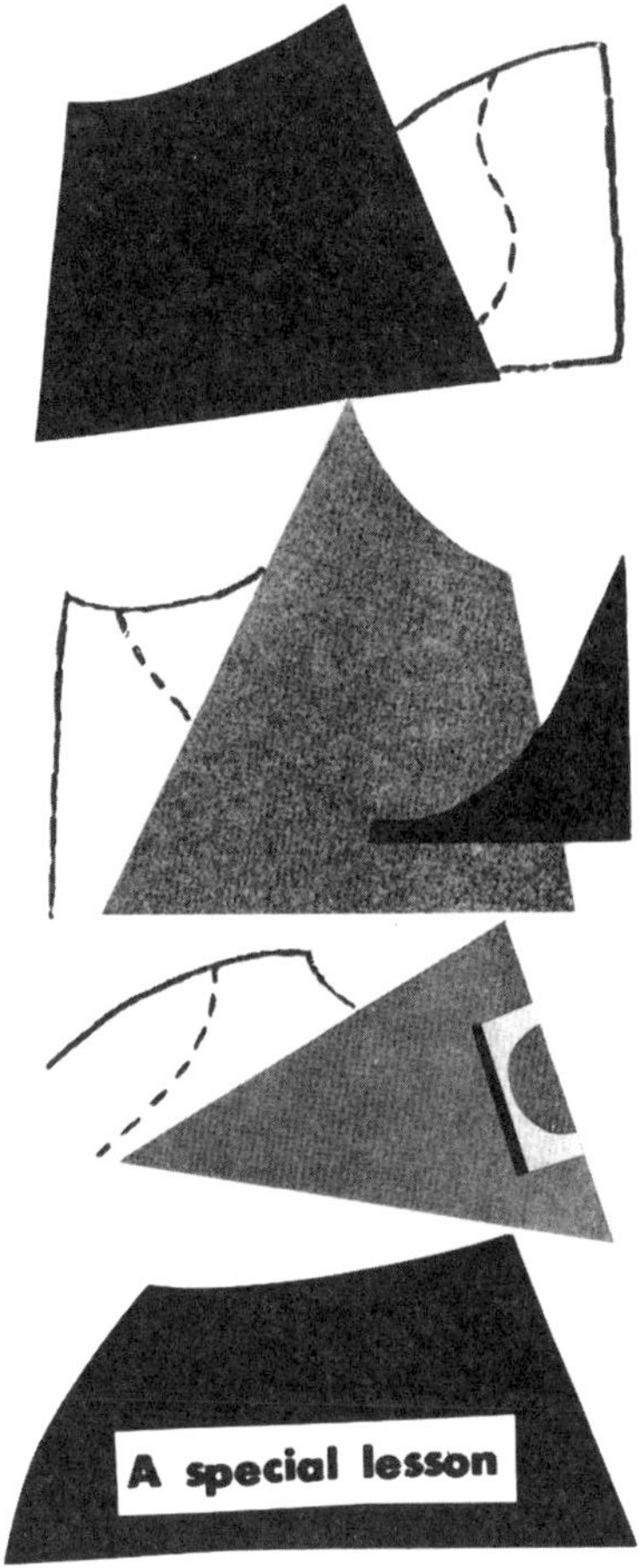

るとすると、跡切れずに続き、たとえ私の目が山の中の物を見ても、私の耳が山の中の音を聞いても、それが特別に珍しいものででもない限り、私の感覚は、せっかく続いている思考の邪魔をさせまいとして、気をきかせて押しのけ、排除して行く。

それならば、山を下りながら、いったい何をそんなに考え続けて来たか。それは殆ど山とは何の関係もないことである。

しばしば会っていながら名前を忘れてしまったという人がいるものである。思い出せないことを当人が知ったらがっかりするかも知れない。その名前を何とかして思い出そうとし、あいうえおを辿り、次にはいろはを辿り、アルファベットを使って引っぱり出してみようとするが、私の垂らす釣り糸には、その名前はかかって来てくれない。帰宅後に、名刺を入れた箱を開ければ直ちに出て来るその名前のために、私は遂に山を下ってしまう。

あるいは、こんな計算を暗算ではじめる。自分がこの世に生まれてから、今日は何日目になるか。閏年《うるう》を忘れてはならない。私の頭はこうした計算には向いていない。だから試みる。腰を下ろし、手帖に書いて計算をすれば、いくら計算に向いていない頭でも、一本の煙草を喫《の》み終わるまでには出来てしまうその計算が、山麓へ来てもまだ終わらない。

そんなことではなく、仮に、目に映る地形の変化と、それを見る者の気持の明暗との関係について考え続けて来たにしても、そのために、一つの木の実の、つややかな赤を見落としたとしたら、私はやっぱり愚かな山の下り方をしたことになる。

水車

山深くにあるその部落を私が好んだ理由の一つは、水車が廻っていたからであった。数えてみれば、離ればなれにある家も十戸たらずで、その裏手の、半分ほどは開墾しかけた、かなり傾斜のある草地に立つと、前方の眺めは迫った感じを受ける山で、その山も頂上の方は見えていない。頂上らしく見えているのは、こっちへ張り出している尾根の中ほどのところで、部落の人の話だと、そこまで登ってみると、頂きは、少々がっかりするほど遠くにあるということだった。

水車小屋は、この古い農家の点々とちらばっているはずれの、せまい谷がそこに喰い込んでいる傍の、灌木が行儀悪く繁っているその中にあった。

私は最初、道というほどのはっきりしたものでない踏みあとを見つけて、その谷の上部から辿って下りて来た時に、谷の水が、あきらかに人の手によって造られた溝に一部分流れ込んでいるので、その溝に蔽《おお》いかぶさった両側の草を分け、二、三度は溝に足を踏みこんだりしながら少しずつ谷から離れるように下って来ると、前方の茂みの中で水車の廻っている音を聞いた。

それはもう三十年以上も前の、秋の夕暮れどきであった。山歩きの友だちは、それぞれ勉強やら研究やら仕事に忙しい日が続くようになり、無理に誘うのも気がひけて、止むを得ず一人で山旅に出ているると、いつかひとり歩きの方がよくなって来た頃だった。

何をするのも、何処へ行く先を変えるのも気がねないのは勿論いいが、空虚なものをいつも携えているような寂しさの、その深々とした味がよかった。

それで、一日山を歩いて来た夕刻に、こうした水車小屋などを見付けると、それが大層思いがけない、大きな出会いのように思えて、旅を終わって旅のことをぼんやり考えていると、その印象がふくれあがり、私はそこを再び三たび訪ねることになった。

その時には手ぶらでは行けなくなって、架空の物語などを勝手に描き、それを携えて行く。そして実際にその水車小屋を見ると、あまり大した感激もない。それは少しかなしいことだったが、しかしその時はまた別の新しい心の傾きを自分の内に見つけたりもした。

最初その水車を見た時には、谷の水を樋《とい》が導いて、車を廻していた。けれどももうその時すでに、車は廻っていても、小屋の中を覗いてみると、臼や杵は乱雑にはずれたままになっていて、車の心棒がゆるい回転を空しくしているだけたった。

訪ねるごとに水車小屋は荒れて崩れ、樋の水も車を廻さなくなり、小屋全体が苔に蔽われるようになってしまった。

こうして取り壊されることもなしに、自然のままに朽ち果てて行く小屋をわざわざ見に行っても、私には何も思い浮かんで来るものがなくなった。

それからは、旅する方角も変わってしまったが、あの山村の姿も今はどんなになっているかと思うと、もう一度訪ねたいような、それが恐いような気持になる。

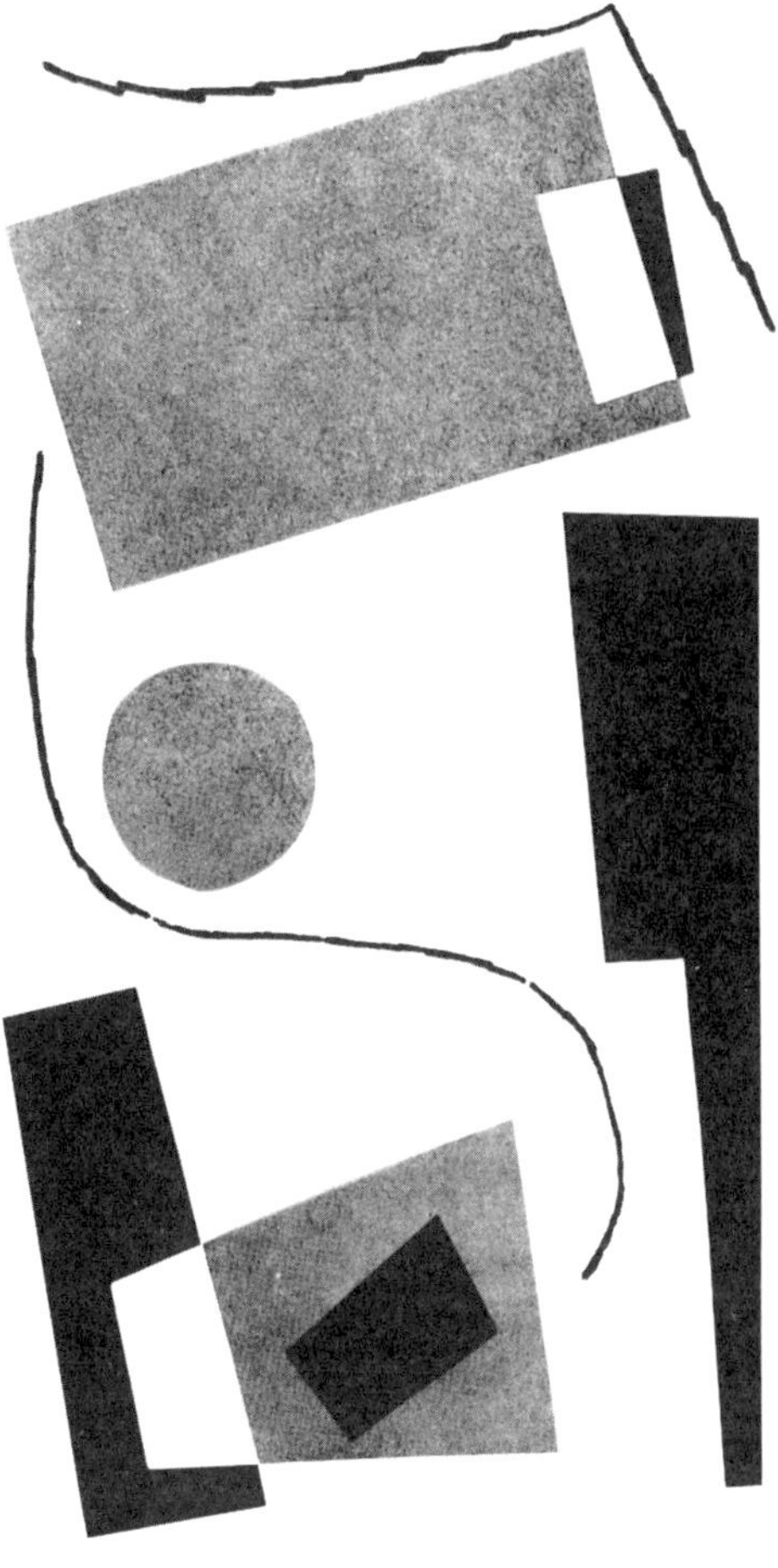

岩

その岩は平らではあったが、全体が谷へ向かって傾いているので、いい加減疲れている筈の体をやすませるのは危険だった。横になるほどの広さは勿論なかったが、腰を下ろして膝をかかえている姿勢も、決して安全ではなかった。それなのに、何がなんでも十一月の長い夜を迎えなければならなかった。私はそのことをよく自分に言いきかせ、眠るわけにはいかないことも強く決心した。

よくさがせば、この近くにもう少し楽に体を休ませる場所があるのかも知れないが、既に闇に囲まれてしまった以上、それをさがしまわるのは無謀であった。

蠟燭《ろうそく》が一本あった。それを無意味にともしてしまうわけにも行かず、いよいよ寒さにたえられなくなった時に、暖をとるために使おうと思ったが、それがどのくらい暖かいかをためしておこうと思いマッチから火を移した。その灯で、私は時計の秒針がひとまわりするのを凝視した。一分後に火を消そうとして時計を見ていたのだが、それはまた夜の長さを改めて自分にはっきりと知らせておくことになった。秒針一回転の、まちがいのない一分という長さを六十倍し、更に十倍してみても、朝はまだ来ないかも知れない。そんな計算はするまいと思っても、それはあまりにも簡単な掛算であった。

星はなかった。そのうちに冷たい霧がやって来て、頸を軽く撫で、そうかと思うと蹲《うずくま》る私をしめつけた。背中に力を入れ、肩に力を移し、息をとめて歯をくいしばった。霧がその力を弛め、見ると私の上衣は霧が宿って白くなっていた。これで私のいる世界もがらりと変わって、あたりはよく見えない闇でありながら、次第に幻想的になって来た。

　ゆっくりと、明るみが残っているうちに見た容子《ようす》を想い出した。僅かの岩稜に続いて、右手は高い岩壁になっていた。それがじっと見ていると去来する霧のあい間に薄く見える。その下には、岩のかけらが沢山積み重なっている。十のかけらが落ちて来ると、その大部分は幾度も跳ね飛びながら底の見えない谷に落ち、その中の一つ二つがそこにとどまっている。しかしそれも何かの折りに崩れ落ちるに相異ない、不安定な状態であるに違いなかった。

この大きな岩壁の中には何がある？　岩の内部には古い力の死骸がぎっしりと詰まっている。死骸と言っても、力の死は、生命の終わりとはその意味がちがい、寂しさや不吉な雰囲気を伴うものではない。その力は、死んではいるが、岩の内部にある限りは犇《ひし》めき合い、押しかえしたり、破ろうとしたりしている。それを怺《こら》えている不動の状態である。岩が割れ、崩れて行く時に、力は全体の均衡をやぶった。そして力の死骸ははじき出され、というか、自分から飛び出して、さてそれからどうなるのか。一夜を費やして、飛び出して行った力の行方を考える。岩のかけらのうちで、艶やかなものにはなお力が残っているのかも知れない。もっともろくて、乾き切った岩はどういう内部構造になっているのだろうか。

はがねを折ったような音が遠くでする。それは一回で終わった。私はその音について正しい解釈をするために、判断を差し控える。

右手の岩のどこかで、少し前までは水の垂れる音がきこえていた。それはもう少し上の方では、このあたりよりも多量に降った新雪が解け、その水が伝わって来たのだろうが、もうそれがきこえていないのは、雪が解け切ってしまったのではなく、気温が氷点下にさがって、水は方々で氷柱になり、岩の表面に凍りついたのだろう。

狐

山の秋風が、朝から草原を波打たせていた。その音には明るい寂しさがあった。音の中の明るさと寂しさは、音楽の中では更に美しい調和となってきこえるが、自然の中では必ずしも調和ではなかった。この風で、方々に散らばっていた雲がやがて吹き払われるものと思っていたのに、雲は却ってその量を増して全天を蔽《おお》いはじめた。すると、青い空を流れていた時には、白い輝きがまぶしかった片雲も、重なり合って行く翳《かげ》りで灰色になり、重く、腫れぼったいものとなって、私の心までも暗くして行くのだった。私はこうした天気にも、草原の大きなひろがりにも、また自分自身にも、期待なんぞ抱いてはいなかった。何の故もなく力が抜けてしまったような、この自分の体を、風の吹きまわる山の草原にまで移して、そこで少し休ませようというのは、少し見当ちがいのやり方であったかも知れない。草の中にころがって、一日たっぷり眠っていたら、力の方はきっと目覚めてくれるだろうと、そのことだけには幾らかの期待があった。それともう一つは、レンズのよごれを掃除してもらった私の双眼鏡が、どのくらい視野を明るく見せてくれるか、それをためしてみたいと思って、この草原に坐り込んだ。風をまともに受ける方角に向かうと、前がゆるやかに下って窪地になり、その先はまたなだらかに盛りあがって、私のいる位置よりは幾らか高いかと思えるところで、大きく弧を描いて空に接していた。その茫漠とした眺めは私の好みに合っていた。

その向こうの草の斜面に、はっきりは分からないが松虫草かも知れない青紫の群落があるように思われたので、そうだ、こういう時だと思って双眼鏡を古びた皮のケースから取り出して眼にあてると、殆どそれと同時に、まるく引き寄せられた視野の右の方から、一匹のけものが飛び込んで来た。大きさと毛の色で、私にはすぐに狐だと分かったが、飛び込んで来るなり、頭を草に突っこんだまんま、なかなか動かなかった。私は狐の行動を見落としてはいけないと思って、双眼鏡の焦点をしずかに合わせてじっとしていた。するとまた、急に二メートルばかり狐は飛んだ。それは野鼠をつかまえようとしているらしかった。狐ははっきりとそれと分かる頭をあげあたりを見廻した。その口には野鼠らしいものをくわえてはいなかった。野鼠に逃げられ、もうそれを追うのを諦めてしまったのか、今度はゆっくりした足どりで、斜めに歩きはじめた。大声でもたてて駈け出しでもしない限り、狐は私に気がつかない。その狐を、なんだか卑怯《ひきょう》のような気もする双眼鏡を使って私は見ている。それなのに、もっと倍率の高い望遠鏡がありさえすれば、こんなに荒っぽい風の吹き渡る草原を、これから何処へ歩いて行くのか、その狐の孤独な表情もはっきりと見えただろうにと思うのだった。

絵具

山の姿を正確に描くだけでなしに、色を正しく受け取って、それをその場で画帖に着色して来るように努力をしていた時期が私にはあった。

これは確かに努力であったし、一つのスケッチをするのにも可なり時間がかかった。山へ油彩の道具をかつぎあげたことは、ほんの数えるほどしかなかったが、その場での着色を忠実に守っているあいだは、水彩の絵具、筆を二、三本、小型のものを選んでも、荷物になった。

それに、どんなに急いでも、一つの絵をこれで大体よしと思うところまで描くのには三十分はかかる。少し歩いてまたいい姿の山が現われると、またそこで店開きをして三十分、四十分。全く時間の予定というものは立てられなかった。

専門に絵を描くことを自分の仕事としていない私にとって、その努力は悪いことではなかったように思う。努力と言っても、誰かからそうしろと言われてしていたわけではなく、すべて自分だけの満足のためにしていたので、よろこびがあった。

古い画帖の、そうして描いた絵を改めて見ていると、思い出すことも多いし、それが確かな甦り方をしてくれる。灰色の曇った空と、冬枯れの草地、その絵には点々と、降り出した雨滴のあとも残っている。すると私は、それから既に十数年もたっているのに、その雨が軈《やが》て霙《みぞれ》に変わり、かじかむ手をこすりながら、どんな気持になって、冷たい山みちを辿ったかを思い出すことも出来る。

その水彩の絵具は、冬になると使えなくなることがあった。日だまりを選んで、そこに落ちついて着色出来るならばいいが、気温の低いところでは絵筆につけた水が絵具をまぜているうちに凍って役に立たなくなってしまう。

このあたり前のことが、寒いところで、足踏みなどして体をあたためながら絵を描く用意をした私をひどく悲しませた。しかし、絵筆が凍るというそれだけのことで、着色を放棄するのはいかにも残念で、焚火をしてみたり、湯を沸して手早く色をつけたりした。

一枚の絵のために、それもただ楽しみのスケッチのために、これほど手のかかることをしたというのが、あとになれば痛快である。

山の中で絵具を使う習慣がなくなったというのは何故か。これを説明するのは大変におもしろそうだが、説明しようとする本人の私は、一つの、極めて単純な理由があるのを知っているために、どんな上手に組み立てられた説明も空々しく受け取られるのではあるまいか、見破られるのではあるまいかと、それが不安になって、説明をはじめられない。

その単純な理由とは、人間は年をとるにつれて不精になり、面倒なことが出来なくなる、ただそれだけの話である。この理由をうまくかくして置くと、堂々とした立派な説明が可能になる。山に登ることについての説明と同じように。

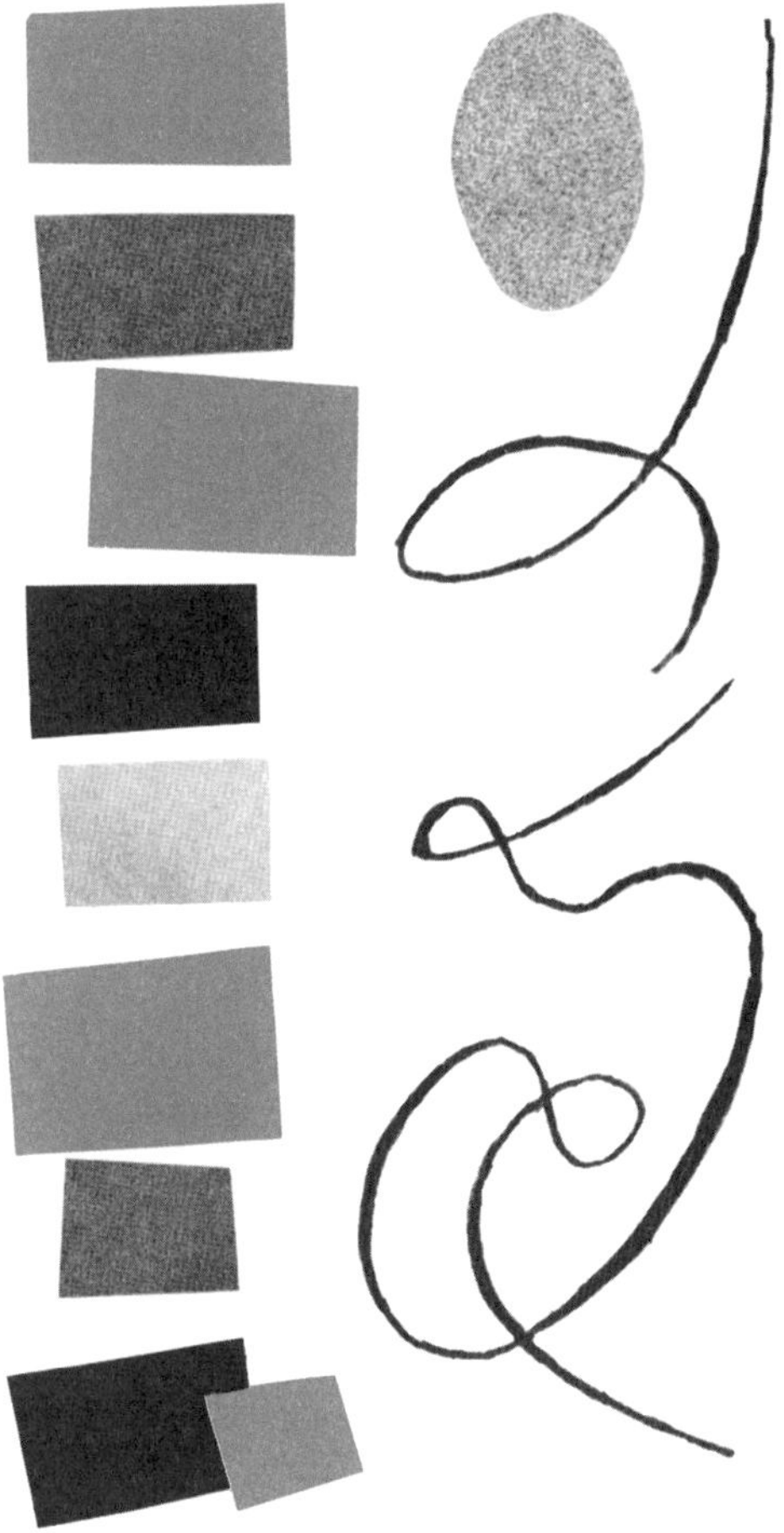

子供

冬の山村の、少し雲の多い午前、鵯《ひよどり》が何羽か鳴き渡って行くと、そのあと空気がしいんと静寂の音をきかせる。凍っているわけではないが、山村を抜けて山へ向かって行く道が固い。土を踏んでいるのに、岩の上を歩いているような感じである。私がまだ幼い子供で、この坂道を有頂天になって駆け出し、石ころに足をとられて、前のめりにころんだら……。膝、掌、悪くすると肘《ひじ》のあたりからも血がにじんで来るその擦りむきの痛みが妙にはっきり想像できる。その道に薄陽があたり、またすぐに翳《かげ》る。少し厚着をして来たのに、ゆっくり歩いて行くと、この登りでは汗をかくほどのこともない。右に一度、左に一度、この道を曲がって谷間の台地に出ると、数軒の農家が見えるようになるが、それまでは、この奥に家があるとはちょっと想像しにくい地形である。

子供の声がした。叫び声だけで、誰か遠く離れたところにいる者を呼んでいるような叫びである。もう一度同じ声がしてから、別の子供の声が左手の、雑木の中から聞こえて来た。これも叫び声に近いけれども、何か伝えようとする声もまじっている。台地へ出てから、道のわきの土手に立っている子供の姿が見えたのであるが、こっちから叫んでいる子供はまだ小さい。雑木の斜面にいる方は、はっきりとは見えないが、がさごそと木々のあいだを動き廻っているその感じから判断をすると、幾らか大きいようである。何でも真似をしたがる弟を置いて、焚木《たきぎ》を集めに行った兄かも知れない。あるいは、言いつけた用事を放ったらかしにして遊びに行ってしまった兄を、こちらは、親のかわりをさせられて、呼びかえしている弟かも知れない。その小さい弟は、また続けざまに、私には意味のつかめない言葉を投げつけるように叫びはじめたが、坂を登って来る私の姿を見ると、土手の上から畑のへりを走って、自分の家へと帰って行ってしまった。その子は、山村でもあまり見かけなくなったチャンチャンコを着ていた。

そう言えばこの数軒の農家のあるところは、ずっと下の村の一部ではあろうが、私のぶらぶら歩きで三十分以上の距離があって、孤立している感じであった。それで、下の方の子供たちが、色の鮮やかな、やや都会風のジャンパーのようなものを着ていても、それを特別に欲しがることもなく、何年か前の、どこの山村にもいた子供たちのように、チャンチャンコなどを着せられて、冬らしく着ぶくれているのだろう。私がそこを通り過ぎると、何処にかくれて見ていたのか、またその小さい子供は道端まで出て来て叫びはじめた。雑木の中からの返事はなく、鴨がさっきとは逆の方向へ鳴き渡って行った。そして私が、兄らしいと勝手に考えた子供が、大きく片手を廻しながら道を走って行くのを見たのは、かなり登ってから一ぷくつけている時であった。

降誕祭

考えてみると、もう古いことになるが、私が少年時代から脱したような気持を、それとなく抱くようになった頃、降誕祭の近くに、誘いを受けて、ある家へ遊びに行かなければならないことになった。

はじめて訪ねる家でもないので、その誘いを何の気なしに承知したのだが、どうも気にかかることがあったので、それとなく私のほかにどういう人が来て、どんなことをして遊ぶつもりなのかを確かめてみた。それだけを訊ねるのも可なり勇気の要ることだった。

十人近くの、それも殆ど未知の人たちが来る、それで何をするか決めてはいないけれども、遅くまで賑やかに騒ぐことになるだろうという返事を

貰ってから、私の気分は段々に重くなり、雪でも降り出しそうな冬空のように、厚く、苦しく曇り出した。

　自分が惨めな、恐ろしい目にあうという予感から、ひと時ものがれることが出来ず、遂にはどうしようもない重荷になって来た。

　うまい口実を設けられれば、私にとっては地獄のようにも思える、そこへ出かけて行かなくとも済む。この考えはさまざまの口実を私に考えさせた。病気、断ることのむずかしい手伝い。自由に出来る時間を持つのは何という不幸だろう。

　しかしとうとうその日がやって来た。明るい空がひろがって、軒先に雀が集まって久々に意味のありそうな会話をしていた。私はもうこれより他に方法はないと決め、迷わずに簡単な荷物を造り、戸棚から油を怠りなく塗ってある靴を出し、自分ながら呆れるほどにてきぱきと準備を整えて出発

をした。

もう口実などは必要なかった。どうして来なかったのか問い詰められれば、行きたくなかったからだ、それにもっと素晴らしいことを思いついてしまったからだ、そう言えばいい。

汽車は私を連れて行った。追いかけて来るものももういない。窓の硝子が時々曇る冬の汽車は、どこまで行っても晴れた空の下を、山国へと連れて行った。他人には説明しても通じにくい自分の気持を救うためのこうした旅立ちが、それから幾たびあったろう。

我儘を、ただ図々しく押し通したというのではない。そうした旅には、自分の気持を、止むを得ず曇らせることも多かった。それも勝手だと言われれば全く自分ひとりの気やすめなのではあるが、せめて招かれた時間は、ランタンをさげて、どんなところでもいいから歩いていようと思った。

私には、降誕祭そのものはあまり大きな意味はなかったが、罪ほろぼしのような気分で、夜道をひとりで歩いていると目の前に明るい星が流れるのではあるまいか、何処か夜空の彼方から鐘の音が聞こえて来るのではあるまいか、そしてこの時刻にも何処かの家では新しい生命が生まれ出て、ほっと力を抜いた人たちが悦びの会話をはじめているのではあるまいかと、とめどなく考えるのだった。そしていつになったら、賑やかな人たちの仲間に加わって、たとえ踊りは出来なくとも、他人の踊りに手を叩くことぐらい出来るようになれるものかと、そんなことも考えるのだった。

年賀状

雪国の、谷を歩き続けてまる一日、雪が降り続いたあとだと、その日がとっぷり暮れてしまっても、まだ道程《みちのり》の半分も来ていないことさえあるような、その山奥に住む人から一枚の年賀葉書が届いた。

元旦の午《ひる》近く、赤い大きなゴム輪を、縦横にかけた年賀状の束の、その一番上になって届いた。賀正というゴム印を何処で買って来たのか、それに印肉をつけて、ていねいに捺してはあるが、印肉の油が乏しくなっていると見えて、ところどころかすれているのが却って懐しい。

ところがその葉書に、この頃はどうして訪ねてくれないのか、このあたりの山にはもう飽きてしまったのかと、山奥に生活する人の素朴な気持も伝わって来るが、どう読んでも恨みごととしか思えないことが書いてあった。

年に三度、四度、時には四、五日滞在して別れた一週間後に、また澄まして長い谷の道を、何の苦も感ぜずにせっせと歩いて彼を驚かせたこともあった。

その彼は、私が泊めてもらっているあいだ、決して仕事の予定を狂わせるようなことがあっては困るという私からの頼みをすなおに受け入れて、僅かばかり野菜をつくっている

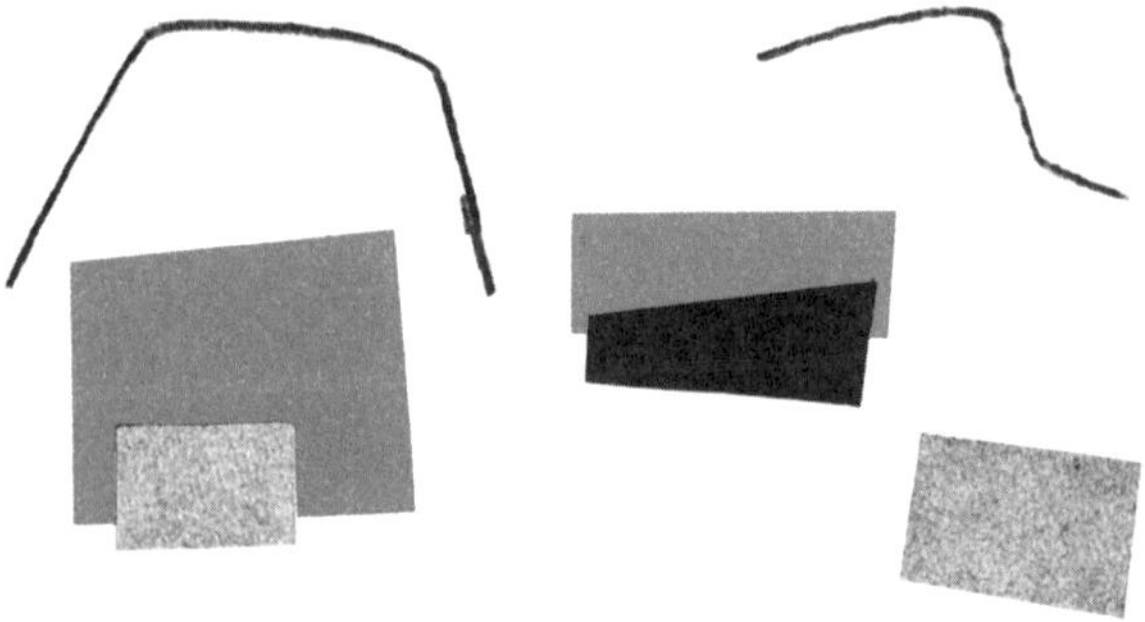

畑や、四、五段の田んぼに出かけ、また春先の、山で倒した木を運び出す仕事などにも、構わず出て行った。

私もまた決してぶらぶらと無駄に時を過ごしてはいずに、その周辺の山をかなり丹念に歩いた。山登りの対象として、おもしろさ、珍しさなどのある山ではなかったが、私は一度そこで迷って、雨の雫のしたたる木の下で一夜をあかしてから、急に関心を強く抱くようになり、ほかの山を歩いていても、その山の姿が思い浮かんで来て出かけて行くのだった。通いつめるという言葉がほんとうであった。

それがある時期からぱったりと行かなくなった。おかしな言い方をするようだが、ほかに熱中する山が見つかったわけでもなく、その年賀状に書いてあるように、その辺の山に飽きたとも言えない。

出かけて行けば、まだそこを根拠地にして足をのばせるところがいくらでもあったし、どことどこと

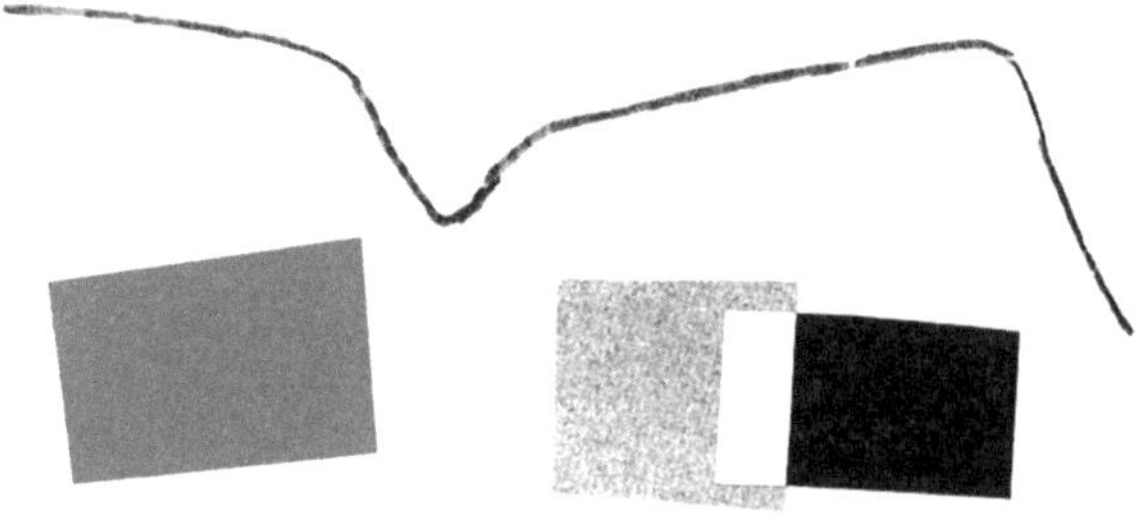

の山頂に立ってしまえばそれで気が済むという種類の山歩きをしていたわけでもなかった。

　どういうことなのか、私にも分からない。分からないけれども、そういうことがあっては絶対いけないとは言えない。山それ自体、あるいはその山麓に生活する知人に、全く義理がたく、何年も、何十年も付きあいを続けている人もいるだろうが、私は、義理を感じて山に出かけるようになっては終わりだと思うので、こうした年賀状に書かれた恨みごとのような文を読むとはっとするのだった。

　この善良で、幼い子供のような気持を隠す術《すべ》を知らない人に向かって、年賀状の返事を書かなければならないが、到底私の気持をうまく伝えるような言葉を書き綴る自信はない。

　いつか一度携えて行って、彼がうまいうまいと言いながらあらかた一人で平げてしまったビスケットの罐でも送ることにしようか。

小屋

鍵を借りて来た。なるほどその小屋は使っていないと見えて、借りて来た鍵も全くよく錆びていた。扉の錠はこれ以上に錆びているかも知れない。そうなると、ドライバーとペンチぐらいは用意して行った方がよさそうだった。そんなことをしてみたところで仕方がないとは思ったが、鍵の錆はサンドペーパーをかけて落として行った。焚木《たきぎ》もないぞ。灯はどうする。それに炊事道具だってどうなっているか分からない。小屋の持ち主は、自分の小屋で苦労させるのがいやだったのかも知れないが、私とは少々肌の異なった人物で、あんな小屋は、夏か秋のうちによほど手入れをしておかなければ、雪の季節にいきなり行っても使えたものではないという。聞いているだけでも我慢が要る口調だったが、そこは怺《こら》えて、ともかく利用させてもらうことにした。

所有者は山小屋と言っていたが、山奥に建てたものではなく、三十何年か前に、夏の幾日かを家族とともに過ごすという、それだけの目的で建てたもので、その場所があまりいいところではないといって、次第に利用しなくなり、立ちぐされになってしまうのを待つともなく待っているという有様であった。小屋が、乗り物などの点で不便な場所にあるというわけではなかったが、そこは確かに、魅力のある場所とは言えなかった。ただ林の中というだけで、いい散歩道があるわけではなく、雪が積もってもスキーをして遊ぶような斜面もない。私も小屋を見つけたその瞬間に、一体どうしてこんなところに建ててしまったのだろうと思った。

一週間ほど前に二日間かなりしつっこく降ったという雪が、あまり解けずに残っていた。私が聞いていて怯えるのに骨を折った口調からすると、もったいないようなお金のかけ方をしているのではあるまいかと、そんな不安があったが、行ってみると、まことに簡素な小屋であった。

他人の建物なので、それ以上のことを書くのは慎まなければならないが、三十何年も倒れずにいるという、その建て方は別として、飯場の小屋のようなものだった。それが私にはかえって嬉しかったが、考えてみれば、あの人もこの小屋を建てた時には三十になっていなかった勘定になる。誰かの真似をして、少しばかり気取ったことをしたつもりで、それなりになってしまったのだろうか。彼の過去については何も知らないし、知りたくもない。私はその小屋へ泊まって来た。そんなばかなことが出来るはずはないというので、少々意地になって泊まったが、贅沢は言わないまでも、かなりの修理が必要なことは確かである。そして修理をしただけの甲斐があるかどうか、それもちょっと首を傾げる。その小屋についてもう少し詳しく書く気がどうしてもしない。満足な窓硝子が三、四枚はあったろうか。私は彼の留守を見はからって鍵を返して来た。一晩泊めて頂いたと、それだけの挨拶にしておいた。

霜の華

氷点下十五度、今朝はまた更に下がって十九度。それでも私は、この冬の旅を続けているあいだ、朝の目ざめは早く、七時を過ぎたことは一度もなかった。

こんな厳しい寒さのところで、朝ぐずぐずしている癖をつけてしまったら、しまいには外へ出るのもいやになり、毎日、今日も滞在と決めて、薪のストーヴの傍を離れられなくなってしまいそうだった。それで私は、北の果てに行き着くまで、気を張りつめて旅を続ける決意をした。

しかし考えてみれば、ある山に登る目的で歩いている時とちがって、気持は楽だったし、泊まるところは、人の生活をしている町の、きちんと看板を出している宿だった。もっともある町の宿では、どうしてこんな季節に旅をするのかと訊ねられたこともあった。宿はどこもほかの客はなかったが、なるべくせまい部屋にしてもらった。その方が、冷え切った部屋を暖めるのに時間がかからずにすむように思えたし、夜、その日その日のことを出来る限り念入りに書いたりするのにも落ちつくことが出来た。

ストーヴに薪を入れて、それが燃え切らないうちに眠ってしまう夜はいいとして、朝の部屋の冷え方はひどく、這い出してストーヴを焚きつけるあいだ、自分の体からぬくもり

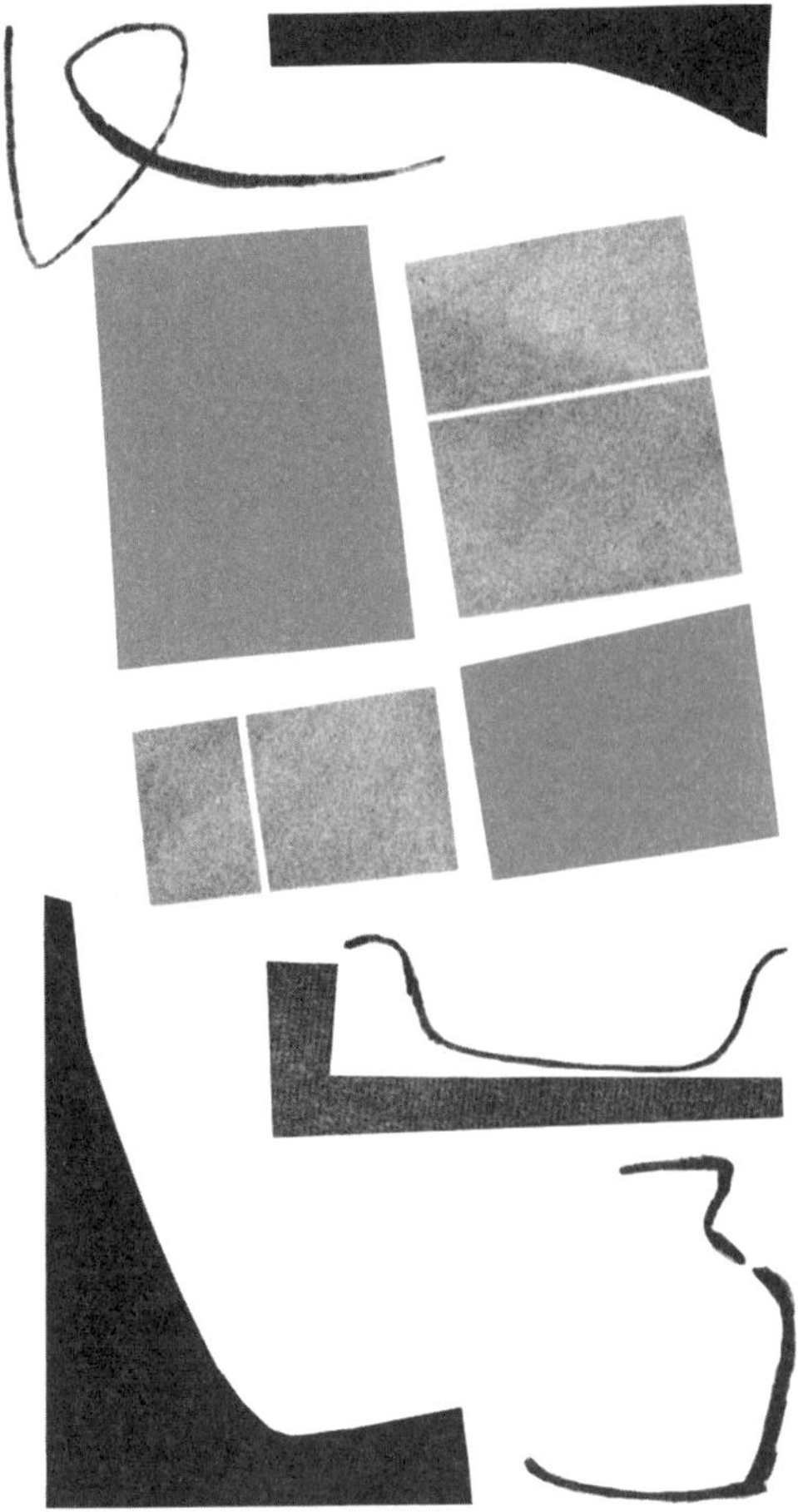

がどんどん奪われて行くのがよく分かり、時間にしてみればほんの五、六分のあいだにどうかなってしまうのではないかと思われる寒さだった。

お湯が沸くと、その薬罐《やかん》を下げて洗面所へ行く。そんなことはもう少し布団の中にいれば宿の人がすべてやってくれることなのだが、毎日それを欠かさなかった。

こういう冬の旅で顔なんか洗ったところで仕方がないようなものだが、それには顔を洗えばそれなりに、気がさっぱりするというほかに、もう一つ別のたのしみがあった。それは洗面所のガラスに咲く、霜の華の形を見ることだった。

ガラスに咲くこの華は、自分の家でも風呂場などで見ることは珍しくはないが、北国の朝に咲くそれはまことに豪華なものであって、指の爪を立てて、がりがりやっても剥げるようなものではなかった。

かりにその洗面所が東に向かっていて、その日が天気がよくて朝日が射して来ると、その場所がどんなに寒くても立ち去りにくい美しさだった。

私はそれを毎日見て旅をして以来、生命と人が呼んでいるものを持たない自然の、こうした創造、生成に、改めて興味を抱き、そう思って旅を続けていると、川を流れる水や、海の水が、杭などにぶつかって凍る形が、実におもしろく、それが溶ければ何も残さないところに段々魅力を感じるようになった。

写真にでも撮ればどうか知らないが、そのものを持ち帰ることの出来ない貴重な華文様であった。

炉辺

私はかなり窮屈な気持で炉端の、焚火の煙が斜めに立ちのぼる脇に胡坐《あぐら》をかいた。座蒲団をすすめられたが、一日中雪の峠を越えて来て、足先ばかりでなく、着ているものもかなり濡れているので、しばらく着物を乾かしてから使わせてもらうと言って遠慮した。

裸の電灯を炉の近くへ持って来た。私の子供のころは一軒の家に三つも四つも電灯をつけているのは大変な贅沢で、こうして、長いコードのついた灯を、向こうの部屋、こっちの部屋へと移して、必要な場所だけを明るくした。

何しろ夜遅く、知らない農家に泊めてもらうことにして、親切に迎えられてはいるものの、考えてみれば随分迷惑な話である。

夕方雪がやみ、日が暮れるにつれて空が明るくなって、しばらくすると星が二つ三つ数えられるようになって来たので、峠の雪の、意外な深さにすっかり遅くなってしまったついでに、懐中電灯をつけたり消したりしながら、休み休み、ひと晩中歩いていても悪くはないと考えていた。そしてこんな冬の旅をしていられる自分を、時々は嬉しく思った。

それからこの山奥の部落にさしかかり、もうみんな寝静まっている容子《ようす》を、家の中からもれている暗い灯に感じながら、雪を踏んで行くと、二軒並んだ家の、どっちの家の飼犬か知らないが、やたらに吠えはじめた。

　なるべく足音を立てないように歩いていたつもりだったが、雪が凍り、ところどころに、足をすくわれそうな凹凸もあったので、納屋の隅かどこかで眠っていた犬にも、人の気配が感じられたのだろう。

　忠実な犬は、私の影を見つけると、吠え続けた。私の方からも、犬の黒っぽい、あまり輪郭のはっきりしない影が、雪の中に立っているのが見えた。それでつい、犬への挨拶の気持で、口笛などを鳴らしたので、犬は一層烈しく吠え出した。雪に埋まった谷の夜更けに、大きく響き、雪に吸われながらひろがった。

　そこを通り過ぎようとすると、右の家の板戸があいて、私は呼びとめられ、峠を越して

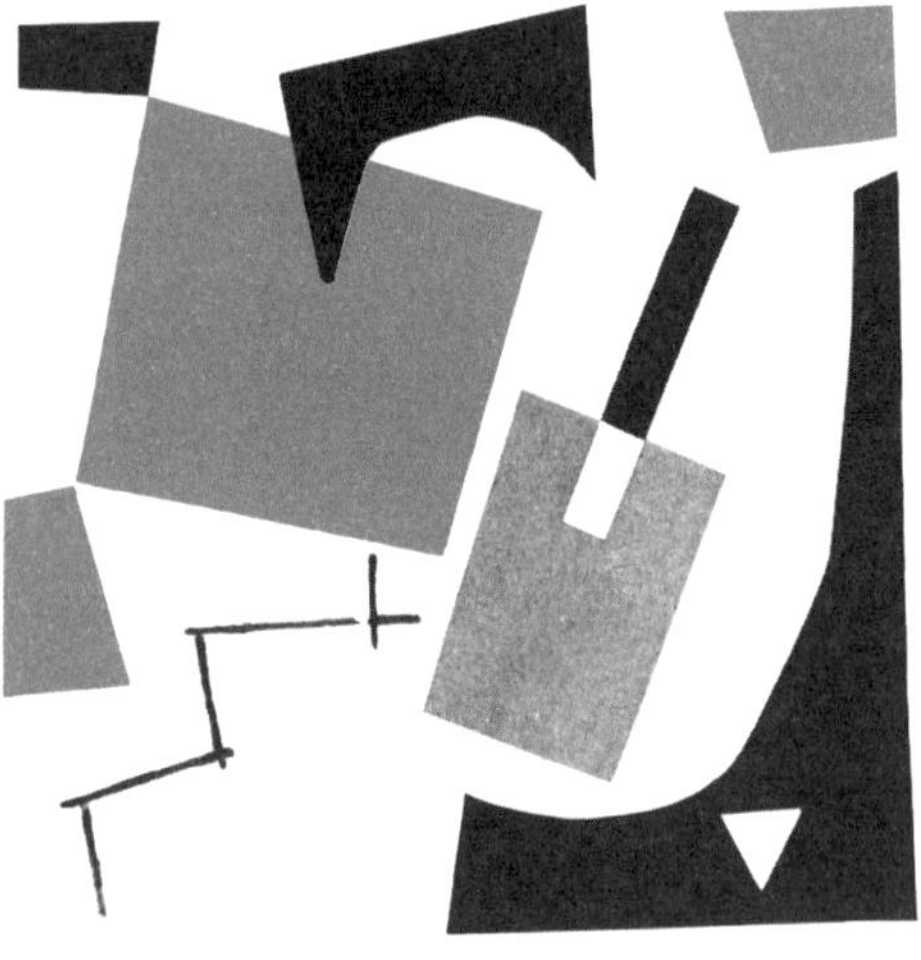

来たことと、夜更けに騒がせたことを早速詫びると、こんな夜に歩いたところで仕方があるまいと、私の断る気持などを聞き入れずに、泊められる結果になった。

私は旅をしていて農家に厄介になるのをあまり好まない。けれども、どんなに自分の気持がそうでなくとも、相手の気持に合わせるような努力はしなくてはならない。

この闖入者《ちんにゅうしゃ》をどうしてあやしまないのだろう。幾らかの警戒が、私の前で湯を沸し、焚木《たきぎ》を次々とくべているこの家の主人には、ほんとうにないのだろうか。

私が迷い込んで来た動物のようなものであり、そのように扱われるのだったら、それで充分であるのに、これから雑煮をつくって私に食べさせ、よくあたたまってから寝てくれというのである。

靴

きちんとした身なりを整えて行かないと失礼にあたることを幾ら承知していても、旅先で急に近くの山に登ってみたくなることが往々にしてあるので、どこへ行くのにも山靴だけは穿いて行った時期が私にはあった。もっとも理窟というものはどうにでもつけられるので、靴を穿いて行けば、何とか都合をうまくつけて山が歩けるものである。それに、わざわざ長時間汽車に乗って行くにしてはあまり小さい山に、旅先で登ることは、大変貴重な思い出として残る。理窟ではなく、私の感情を少し見当違いだとも言われそうな使い方をすると、いつでも必ず一緒に山旅をさせている靴に、今度はそういう旅ではない、すぐに戻らなければならない、ほらこの通り、往復の切符をちゃんと持っているだろうと見せても、靴は後を追う犬以上に憐れっぽい表情を見せる。

そして更に、こんなことまで訴える。

そんなことを言って、いつかは短靴で藪の中をうろつき、山の雪を踏んだことさえあるじゃありませんか。短靴が山靴に言いつけたというわけである。

でももし、駅から宿までの、ほんの僅かの舗装道路だけを歩くことになっても、文句は言わないかい？

靴は、山の中での私のことをすべて知っている。何処で道をまちがえ、どんな疲れ方をし、妙な溜息をつき、何から何まで知っている。私のさまざまの行動に関してだけは。だが、靴は山道を歩きながら私がどんなことを考え、どんな空想を楽しんでいたか、そこまでは知るまい。

雪の中で日が暮れて、木の根元の雪の凹みを少しひろげて夜明けを待つ時、私がどんなに雪だらけになっても、靴だけは、ていねいに雪を払い落とし、凍らせないように、最も暖かい筈の場所に置いてやり、それでもなお気温が下がって来れば、文句を言わずに抱いてやったではないか。

だがこのことを、恩に着せて靴に言うことだけは慎もう。だんだん理窟を言うのが達者になった靴は必ず私に言うだろう。

あたしを凍らせたら、朝になって苦労をし、べそをかくのはあなたなのでしょう?

何を言われてもいい。忠実な靴を大事にしてやろう。ていねいに扱ってやろう。家に戻ったら、どんなに疲れていても泥を落とし、油をぬってやろう。そんなことばかりでなく、山の道で岩を蹴ってしまったり、うっかり水溜りに踏みこんでしまったような時には、反射的に、ご免!　と謝る習慣もつけておこう。そして謝る度数が多くなって来ると、靴は腹の中で思う。どうも大分足もとがあやしくなって来た。こんな足の運び工合だと、風の強い時に氷の斜面を歩かれたらあぶなくて仕方がない。額の大きな、いつまでも利口そうな靴である。

枯木

枯草がその小みちに、かたまって倒れていた。どうもそこへ腰を下ろして休まないわけには行かない。眺めもいい場所だし、西北を向いているのに、風は来ない。もっとも朝から雲の量は多く、空は不機嫌でむっつりしていたが、冷たい風は昼頃までで鎮まって、夕暮れ近くなってまた吹き出すという気配はなかった。

なだらかな広い尾根だの、浅い谷だのを、あっちこっち歩きまわり、結局いまだにどの方角へ下って行くかもきまらずにいる。

雲がこんなに多いのに、遠くの山が意外にいつまでもはっきりと見えている。しかし明日はこの雲がもう少し垂れさがって来て、雨か曇りにになりそうに思えた。

その、はっきりと見えている遠い山の、中腹から麓を区切って隠しているのは、ここから見るとのどかに盛りあがっている丘であるが、その向こうには谷に沿って畑がつくられているのを、二時間ばかり前に歩きながら見て来た。そしてここからその丘までは、どんなにぶらぶらとゆっくり歩いたところで、三十分もかからない。なるべく遠くへ遠くへと歩いて行きたがる気持がいつもはあるのかも知れないが、あまり広範囲でない起伏をいろいろに歩いてみるのも悪くはない。

この休んで行くことにしたところからは、あまり目立たない位置にあるが、その丘のはずれに枯木がある。こんな歩き方をしていると、絶えずそれが気になって、しまいには、

私が、見えない糸でその木に繋がれていて、遠くへと行ってしまえないような運命を負わされているのではあるまいかと思うようになって来るのだった。

細い枝は既にもう何年か前に落ち、今は全く白骨となって樹皮を脱ぎ捨て、その木が、人の世界で何と呼ばれていたものかも分からない。それほど深い山でもなく、またわざわざ樵夫《きこり》を雇わなくとも、下の谷に畑をつくっている農夫が少し大きい鋸を携えてくれば、半日もかからずに切り倒して、こなして薪にしてしまえる程度の木であるのに、どうしてこの枯木はそのままいつまでも立たされているのだろうか。

それほどの大木でないとは言え、付近の木は殆どが雑木林と言っていいようなものなので、その枯木は確かに目立つし、もしもそれを切り倒してしまうと、この山を越えて行く鳥や鵯《ひよどり》などが、しばらくのあいだ戸惑うかも知れない。

あるいはその木は、昔からの語り伝えなどはないにしても、切り倒すと何か祟《たた》りがありそうだと、それを信じている人が、手をつけさせずにいるのかも知れない。

さもなければ、その木の根元を深く掘って、忠実に働いた家畜の骨でも埋めて、墓の代わりにでもしてあるというのだろうか。

私は立ち上がって、その枯木の方への小みちを歩き出す。しかし枯木の立っているところまで行ってみても、私の気がかりを解決してくれるようなものを発見することは出来ないだろう。

雨

考えてみれば、三月ももう終わりに近いのだから、急に気温が上昇して雨が降るのも異例のことではないのだが、雪を踏んで歩いて行く山の中で、雨に遭うのはどうも不景気である。谷を歩いていても、ひらけた雪原を進んでいても、気分はどこまでも沈んで行くばかりである。

私はこうした雨に降られた過去の山歩きでも思い出してみるより仕方がないと思う。しかし思い出すことはいずれも四月や五月のことで、三月のうちは雪であった。すると今年は特別に春が山へも早くやって来たということなのか、私がこれから登ってみようと思っている山が、以前よりは低く小さく、その場所も南に移っているということなのか。

木々の枝にはまだ雪の塊が残っている。ふんわりと載っている雪ではなく、解けて凍って、重い塊となってこびりついている。突き落とそうとしたところで、そんな力にはびくともしない。それでいて、どこかしらで次々にそうした雪が落ちる音がする。幹をつたわって来る雨の雫が、こびりついている部分を解かして、そのために雪は落ちるのだろう。

雫と言えば、私に降りかかる雨も雫となって襟首に流れ込む。ぞっとするような冷たさはないが、こんなことをさせておくと、私の背中はぐっしょりと濡れ、それが冷えて来た

時には始末が悪いだろうと思って、首に布をまきつける。風呂敷にも、こうした襟まきにもなると思って、持って歩いている布切れであるが、濡れて行きつく先が無人小屋で、下で訊ねたところによると、今は誰も登っていないから小屋は空っぽだろうという。他人がいないのは何かにつけてありがたいが、どんな小屋かはじめての場所なので、あまり上等な小屋を考えて行かない方がよさそうに思う。薪が少しでも小屋の中に入れてあればいいが、軒下の雪の中から掘り出すことになるのではあるまいか。

まあいい、方角の見当はついていることだし、ズボンに手をつっこんで、明るいうちにせっせと歩いておこう。

雨は、遠い遠い流れの音を聞くように、まだ芽の堅い木々の枝に降りかかって微かに音を立ててはいるけれど、雪の上に降る雨は勿論、枝先から鈍く銀色に光って滴る雫も音を立てない。耳を雪面に近付けていれば聞こえて来るかも知れないが、歩いている私には聞こえない。

雪はぐずぐずに、ふやけたようにやわらかくなっているところと、うっかり足を踏み出せないほどに凍っているところがある。

これで夜になって、再び急激に冷え込んで来ると、いたるところで氷になってしまいそうに思える。そしてその時もなお降り続いていれば、それは雨ではなく雪だろう。

鳥が枝を飛び移った。はっきりとその色や形を見ることは出来なかったが、確かに鳥だ。口笛を吹き、手をたたいてみたが、更に飛び立って行く気配はなかった。

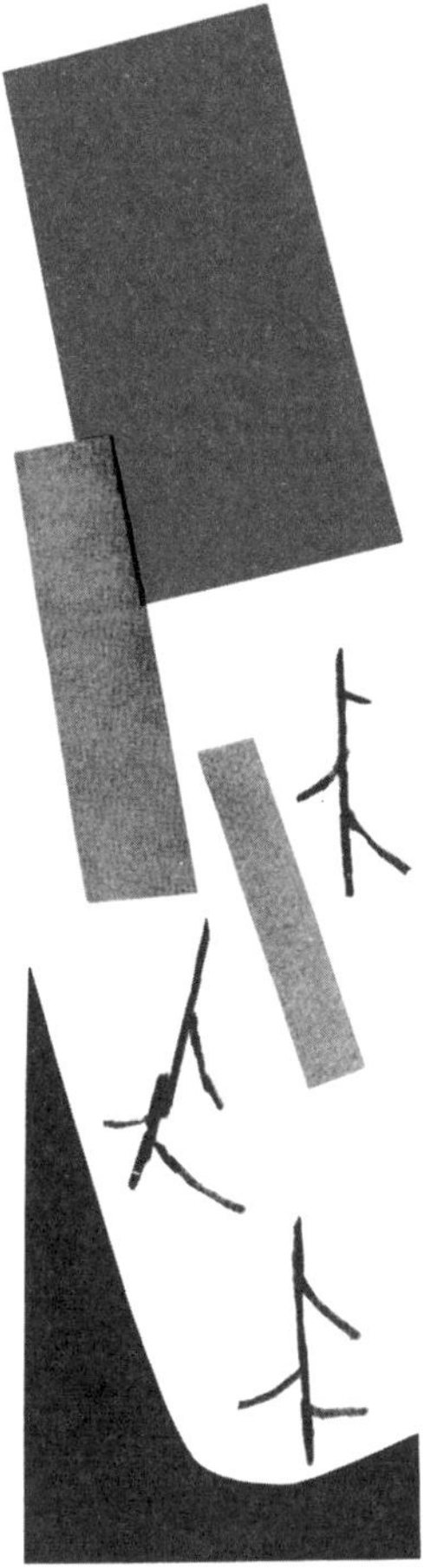

落日

川岸の土手の上まで来て、川の流れの位置が左程変わっていないのに気がつくと同時に、水が白っぽく濁っているのはどうしたことかと思った。昨日も一昨日も天気が続き、その前もしばらく雨らしい降り方をした筈がない。現に水量は随分少なくて、少し足を濡らす覚悟さえあれば、飛び石づたいに中の洲までは簡単に行けそうに思えた。

しかし今日はもう日暮れが近く、そんなことをして靴の中を濡らしてしまうと、日が暮れてからの、二時間は歩かなければならない道程《みちのり》で、濡らした足のために、どんな不快を味わい、それをもてあまさなければならないことになるか、それを考え、中の洲へ渡るのはやめにした。

くどいようだが、まだ太陽が高ければ、私は必ずそこへ渡ったろう。何故なら、その洲には枯れ葦が沢山あって、じっと見ていると鳥がしきりに葦の根もとを歩きまわり、ささやかな水音の向こうで、たわむれの声を交わしているのも聞こえていたからだ。

土手の下の、すぐ水際になっている、その細いへりを行くと、川の曲がり工合によって、西から次第に北へと向かって行くようになる。あまり水際が近いために、枯草を踏んでいても、下のぬかるみに足を吸われる感じのところがあって、私はどうも靴を濡らしたくないために、土手の途中まで這いのぼって、草を分けて行くようなことをしていた。そんな川辺を暫く行くと、左手から小川が流れ込んでいるところにぶつかった。その川は、それ程遠くない丘の重なりのどこからか流れ出し、枯野をあまり蛇行せずに流れて来たものらしく、水量がたっぷりしていた。

橋があるわけでもなく、さてどうしようかと躊《ため》らった。少し勢いをつけて飛べば、向こう側へ飛び移れないこともないと思ったが、用心深く、川原へ出て、三つ四つの石を踏んで渡ることにした。それは石が乾いていて、ぐらつくようなこともなかったので、至極簡単なことであった。

そこを渡ったところで、流れ込んで来る小川の方を見ると、その上の丘陵の上で、太陽が大きくふくらみはじめていた。丘の上には静かな層雲がひろがっていた。太陽は間もなくその雲に着くところだった。二、三十分ほど前に太陽を見ようとした時には、赤味は帯びていたものの、その周囲は金色に輝いて、私の目では到底まともには見ていられなかったが、ここまで落ちて来ると輝きは失われ、まぶしさもなかった。そして、小川の流れがそそぎ込む前に大きくひろがったその水に赤くくだけた色がちらちらと映っていた。

葦や芒《すすき》や若干のそれより丈の低い灌木の茂みの向こうに太陽は落ちて行った。それは相変わらず美しい落日であったが、夕映えの派手な彩りはなかった。太陽は丘に沈む前に、層雲の向こうにかくれた。洲の葦の根もとや川向かいの枯草の中から、次々に鳥は飛び立って行った。

栗鼠

そこを私は栗鼠の森などと勝手に呼んでいるが、名前のつけ方としては、どうもぶっきら棒なので、もう少ししゃれて、もうちょっとばかり凝った感じのする呼び方に変えようと思っている。

それなら早速考えてしまえばいいようなものだが、栗鼠たちがその森を何と呼んでいるか、ほんとうはそれを知りたいと思う気持があるから、考えにくいのかも知れない。

私は動物たちとのつき合いに特別自信があるわけではない。私の方の気紛れも無論、充分認めるけれど、動物の方にもその傾向はある。私がどこにも道の見当たらないその森に迷い込んでどっちへ進んで行くと何があるのかも分からず、第一森から抜け出すことも容易でなくなり、遂に枯木を集め、それを焚いて夜明かしをして以来、その森に住む栗鼠たちと仲よくなった。

人間が飼育している動物だと、仲よくなると言っても、手なずけるという、あんまり感心できない気持がまじって来るが、そうではなく、私が二度目に、今度は迷わずにその森を訪ねると、最初の時には、ずっと離れたところから遠まきにこっちの容子《ようす》をうかがっていた栗鼠たちは、全速力で枝を飛び渡ってやって来た。

3871
4647

そこで私は、そんなことにもなろうかと思って袋に入れて持って来た木の実を、まず知らん顔をしてばらまいた。

私だって一緒に食べるつもりだったから、持って行ったのは、胡桃《くるみ》と栗と、それから遠くの友だちが送ってくれた榧《かや》の実は虫が喰っていたがこれも持って来た。

それから、私が焼いた栗を、ぺきんと景気よく音を立てて割って口の中へ放り込むと、栗鼠の方は、私よりも遙かに行儀よく、木の実を拾い、両手に頂いて食べる。

栗鼠は三匹、五匹。ちらちら目まぐるしく走り廻るのや、途中で急用を思い出したのか、木の実を一つ食べ終わると、すぐにどこかへ行ってしまうのもいて、数がはっきり分からない。

どうせ栗鼠には、話の内容は分からないとは思ったが、黙っているのも却っておかしなものなので、どうでもいいようなことを喋る。

君たちはみんな両手を使って食べるんだね。そして、そうすることを、ぼくらは行儀がいいと言うんだ。つまらないことだけどね。

そして、自分も彼らと同じように、行儀のいい格好の出来るのは、西瓜《すいか》を食べる時だと思う。また夏がやって来て、八百屋の店先に西瓜が積みあげられるようになったら、その一つをこの森にかついで来て食べよう。そのころ栗鼠たちは、もっと親しくなって、私の膝にものり、私が指先ではじき出す種子を、せっせと拾って食べてくれるようになるだろう。

化石

机の代用に使っている板の上は、そこが仕事の場所であるから止むを得ないにしても、どうも乱雑になりがちで困る。机をやめて板を窓のへりと箱とに掛け渡したのも、そうすれば幾らか物の散乱が防げるかと思ったからだが、大して変わらない。

その板の上を今日はさっぱりと片付けたところへ石を一つ箱から出して置いてみた。いつまでも置くつもりはない、すぐに、やわらかい紙にくるんでまた箱の中へと戻ってもらうことになるだろうが、しばらくこの石を眺めようというわけである。

それは最近友だちから貰ったもので、このどっしりした重味を、見ていても感じさせる石には、沢山の貝の縞文様が見える。貝そのものも石の中に入っているらしい。

ニューヨークからハドスン川をずっと北上して、アルバニーの近くに、どう発音したらいいのかRensselaervilleというところがあるが、その郊外の山で友だちが拾ったという化石である。

さて、この石に見られる貝は何だろうか、どのくらいの古さのものか、そう簡単には調べられない。地質の勉強をした知人がいるが、今は遠方に住んでいるので、これを持って行って見せるわけにも行かない。

それにこの人は、岩石を見ると、あっさり割って調べようとする。それが専門家のやり方なのかも知れないが、別の友だちが、カラコルムの氷河のわきから拾って来てくれた石も割られそうになって、慌ててハンマーを持ちかけた手をおさえたことがある。

この化石は私にとっては大切なものだが、どんな貝が中から出て来るか、ちょ

っと割ってみたいという気持になるくらいだから、誰にでもやたらに見せない方が安全である。

私は地質年代などについて、学校で聞いたことはきれいに忘れてしまったし、一億六千万年前と言われても、三億二千万年前と言われても、すべて大昔という感じしか抱けない。しかし、その大昔でいいのである。私は今自分の目の前にある化石を手に取り、貝の縞文様のところへ親指のはらや手のひらなりを強く押しあてると、大昔に生きていたものの、その姿の一部分がはっきりとうつるのである。

生きているもの同士が手を握り合って、その親しさや信頼を確かめ合う時のように、石の中にかたく冷たく埋もれ、石とともに、殆ど永遠と言っていいような存在になっている貝と、こうして触れ合いながら一つの交渉を持つのである。

私は化石となった貝に、すなおに話しかけたいが、さて、何を語ればいいのだろう。長い長い、暗くて静かな地中の過去から地上に現われ、拾われ、そして人の心が托されて私の目の前にある。私はそのことをこそ語らなければならない。ゆっくりと聞いてもらわなければならない。すると、それが空しい話しかけでなかった証拠として、ある時突如として化石の貝は話してくれるだろう。耳では聞くことの出来ない、独特の手段をもって、私に大事なことを教えてくれるのではあるまいか。

煙

浅い山の細い道から里へ出た。この次はどっちの丘へ入って行こうかと土手にのぼって見る。春の霞が薄青く流れている。しかしあれは霞だろうか。里の道はほんの五、六分歩くと、寺があった。そこに、霞と思わせた煙の源があった。落葉を焚くのは秋の末の、しかも夕暮れに近い風情であるが、この春のはじめの午過《ひるす》ぎに、ちょっと立ち寄ってみた寺の境内で落葉を焚いていた。

今ごろ、こうして焚くほど葉を落とすような木もないが、枯葉は山の形にたっぷりと集められ、その二、三箇所から煙は青白く立ちのぼっていた。焚かれている木の葉は欅《けやき》や楓《かえで》で、その葉を去年の秋に落とした老木は、すぐ近くに立っていた。寺の貧相な建物のわきには、今はまだ何の花も咲いていないが、花壇があって、そこに出はじめた芽を霜から守るために落葉が敷かれてあったのを、寺の人が掻き集めて焚いているのだった。それは箒《ほうき》や熊手の跡でよく分かった。そんなことをするのにはまだ少し早すぎるのではないかと思われたが、何かそれなりの考えがあって、これからぽつぽつ花壇の手入れを楽しもうとしているのだろう。

私は煙の立ちのぼっている落葉の山のわきに立って、別に珍しくもない焚火を見ていた。

木の葉のほかに何も燃えていないので、煙の匂いがよかった。それに火をつけた寺の人の姿はどこにもなく、境内はしずまりかえり、少し離れた裏手の林の方から鵯《ひよどり》の声が時々聞こえていた。耳をよく澄ましていれば、人の声や、耕耘機のエンジンの音、空からの飛行機の音なども聞こえていたが、いずれも遠くからの微かなもので、ななめに射し込んで来る、まだやわらかい陽射しが、立ちのぼる煙を、淡くななめの縞に輝かせていた。

風がなく、焚火は勢よく音を立てて燃えることはなかったが、それでも枯葉が崩れると、その部分から、赤く小さく息をつきながら炎が僅か見えることがあった。そうすると、乾燥し切った木の葉は一瞬音を立てて燃え、そのために再び木の葉の山が崩れて火を蔽い隠し、またもとのような煙ばかりの、静けさに戻るのだった。白い太った猫が、焚火にも、それを見ている私にも全く無関心に、本堂の前の日なたを横切って行った。

その寺の裏山へ行く道を見つけ、僅か登ると雑木の中に入り、しばらく道が消えていた。それでもまだ下草は枯れ、どこでも歩けた。ただ足音が大きく、小鳥が次々と飛び立った。

もう一度道に出た時、右へ行けば、寺の焚火の煙が流れている方へ行けそうだったが、左へ歩いて行った。丘の中腹に殆ど水平につけられた道で、やがて浅い谷を左手に見下ろすようなところへ出たが、その谷でも、畑へ枯草を積んで農夫が燃していた。人がついているので、そこでは火の勢いがあり、煙は左程立ちのぼっていなかった。

故郷

古い山靴を穿き、三日分の食糧を入れた、これも繕いようもないぼろぼろの袋を背負って、ある田舎の駅から歩き出した。

夜が明けたばかりの、露に濡れた道だった。枯草は枯れたままだったが、そこに幾らかの新しい緑がまじっていた。露もたっぷりとはなく、むしろ霜になりかけのしめり方だった。

私は今その年を思い出してみると、既に二十年以上前のことになるが、その時は、更に二十年も前の、つまり今から数えれば四十年も前の山歩きを思い出し、はるばると夜行列車に乗って懐しい山へやって来た。

滑稽なことだが、荷物を背にした歩き方をふと忘れ、その調子を思い出すのに時間がかかった。荷物にも足にも意識が向きすぎて、いつまでもぎこちない気分だった。それに急に襲って来る絶望的な疲労と、どうにもなじまない靴のための足の痛みで、何度も立ちどまって、息が整うのを待たなければならなかった。

道は次第に登りにかかり、その道は果てしのないものだった。一度煌めいてから朝の層雲にかくれていた太陽が、更に高く昇って、不安の冷たさに動きづらくなっている私を温め、慰めてくれた。

　私は迷った。何故なら、体力がこんなに衰えている私にとって、山は遠く深く、また考えていた数倍の高さがあったので、このまま少しずつでも登って行くことが、不吉な出来

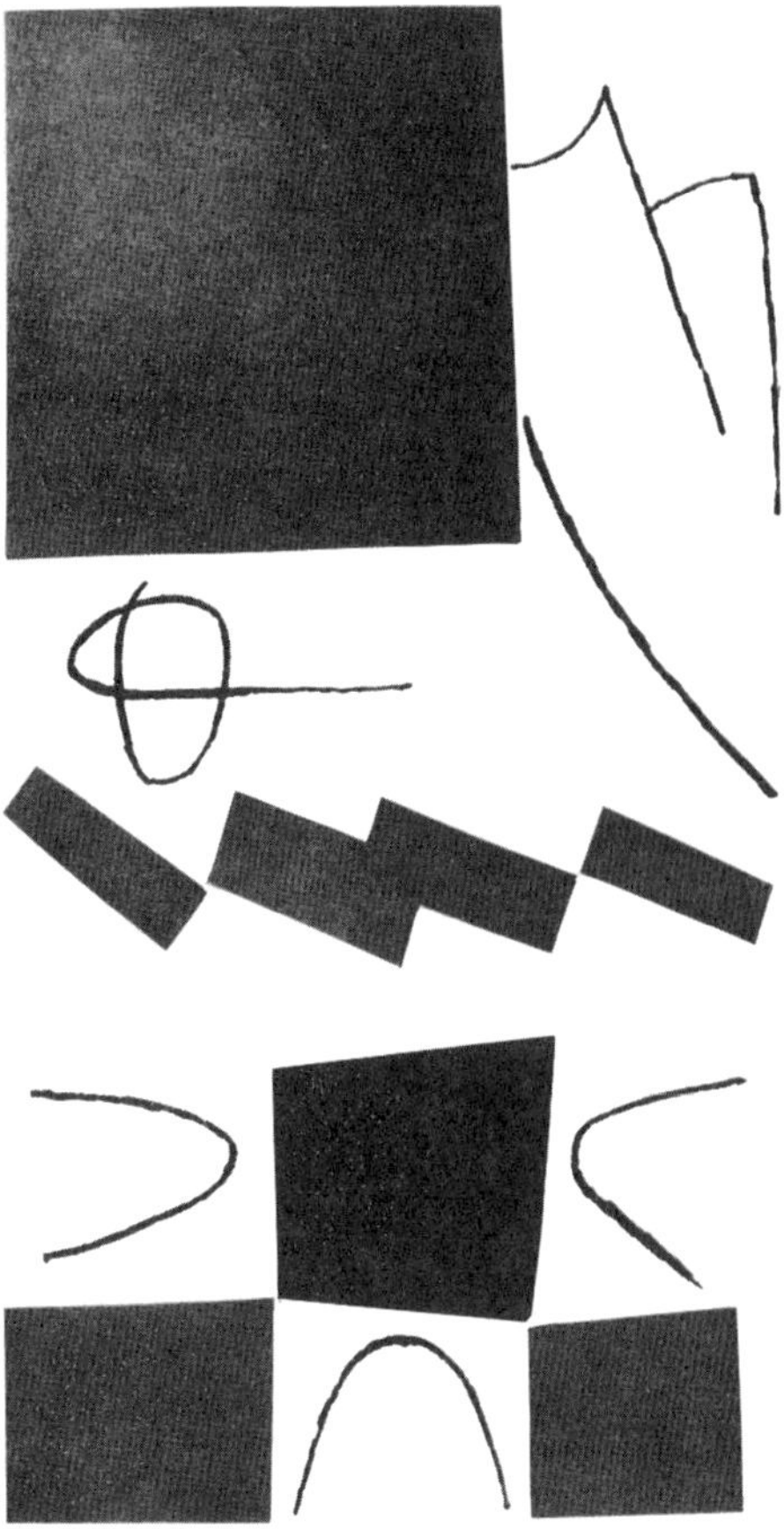

事に結ばれているかも知れないと思われたからだ。

　私は、自分にとっての、この山という故郷の、土や岩を踏み、草の匂いを嗅ぎ、春から夏へのせわしない営みに飛びはじめた小鳥の姿を見たり、その歌を聴くことはもう無理なのではないか。枯れて倒れ、なかば朽ちた木の幹に腰を下ろして私は考え込んでしまうのだった。

　戦争は私からさまざまのものを平然と奪ったが、山という懐しい故郷を再び訪れるだけの体力をも奪っていた。それに気がついていなかった。しかし私は引き返して行こうとは考えなかった。既に歩いて来た道は麓の草原に遠く細く消えていて、そこを戻って行くのはあまり寂しすぎた。それに、そんなことをするのは、私の一切の終わりに等しいように思われた。

　それから再び登りはじめた。越年の蝶が木の洞から飛び立ち、翅《はね》を水平に張って流れるように谷へと下りた。長かった冬からの、今日がそれにふさわしい目覚めに違いなかった。私はそれを夢の中の淡い動きのように眺めていた。

　しかし、今まだ雲にかくれているこの山の頂きに私の故郷があるわけではなく、既にこの甦る春の光と静寂の漲る此処が、もう故郷であったことに思い到ると、私の足は突然軽く前へと進み出した。やがて樹林帯へ入ると、頻《しき》りに栗鼠が木々の枝を渡り、残雪がところどころに現われはじめた。故郷は豊かに、そのままに健やかであるのを見届けた。

根っこ

ちょっとお金が足りなくて買いそこねた本がいろいろ思い出されるが、今、特別に口惜しいと思うのは「根」という書名の写真集である。フランスの本で、こんな写真集を買う人は滅多にはいないだろうと思ったのが間違いで、二、三日後にお金を用意して行った時にはなくなっていた。迂闊《うかつ》にも、その写真を撮った人の名前も出版社名も控えておかなかった。勿論それを調べる方法がないわけではないが、また巡り合う日をたのしみにしている。

予定より早く山から下りて来たような時にはどうするか。そんなことをはじめから考えておくのもおかしなものだが、近くに峠でもあれば、それを越えて里に下るのもいいし、一日でも早く家に帰ってぼんやりしているのもたまには悪くない。だが自分はそういう時にどうしていたかを思い出して見ると、里まで急いで下ってしまわずに、山の中の明るい川原を見つけて、終日遊んでいることが多い。そこで更に思い出すのは、ひと頃、そういう川原にころがっている木の根の姿を見てまわるのが嬉しかった。山の上ではあまり描かなかった画帖も、一日遊びながら川原で描いた木の根でいっぱいになった。一つの根っこも、角度を変えたり、またころがしたりすると新しい姿になって幾通りにも描くことが出来る。

　もっと奥の谷には、春の雪崩で押し流された木が横たわっていて、生々しい根を見ることは出来るが、そういうものには、細い根が残っていたり、泥がはさまっていたりして、描いてみようという気も起こらない。それが何年かかかって、腐るところは腐って落ち、大雨の増水で流されて来るうちに、大変おもしろい形が出来上がって来る。強い陽射しにからからになって、根は白骨と変わり、木の一部分ではなくて、完全に独立した物になる。物となって新しい性格を得る。表情を持ち、願いや祈りや、ある行動への憧れを抱く。これが私にはおもしろくて仕方がない。

　川原の根っこは、それぞれ最も楽な姿勢で坐り、胡坐《あぐら》をかいている。肘枕《ひじまくら》で足をのばしているのもある。しかし無理な恰好《かっこう》で怺《こら》えているものはない。それで、その姿を少し変えてやろうと思ってころがしてみると、それはそれなりに、きちんとした落ちつきを見せるものもあるが、私がある力を加えたために無理な姿に変わる。私がいなくなり、山が荒れ出すと、この根っこはまた必ず、自然の力をかりて、最も楽で安定した坐り方に戻るに違いない。流れをかすめて飛ぶミソサザイやカワガラスが実に無雑作に根っこの頭にとまって休んで行く。根っこはちょっと首を縮めるように見える。

　買ってからゆっくり見ようと思っていたあの写真集がやっぱり欲しい。人は根っこを見て、何を考えたかが分かるかも知れない。

橋

ここは以前、二、三歩進むと揺れ出して、中程まで来ると、膝のあたりがたよりなく、歩きはじめの子供に戻ったような気持になったくらいの、不安な吊橋であったのに、今は同じ吊橋という名前でも、両岸に大きなコンクリートの柱が立ち、太いワイヤが渡され、まん中あたりで跳ねてみても、何の動揺もない。吊橋という名が却って恥ずかしいのではあるまいか。

そう言えばこの吊橋を渡って、坂を登ったところにある部落でも、農家の大半は屋根が毒々しい緑色のものに変わったし、それればかりではなく、全く都会からそっくりそのまま移ったような家が建っている。

三十年、四十年の年月が、このあたりを何一つ変えていないことを望むというのは、どういう気持かと、吊橋を戻りながら考える。

雪解けのころには必ず流されるという橋を心配して行くと、橋は無事であった。普段の容子《ようす》を知らないので、どの程度の増水なのかは分からないが、橋杭が少し神経質に貧乏ゆすりをしている。

橋はいったいどんな工合に壊され、流されて行くものか、橋には気の毒だがそれを想像する。私は最初、自分では大層物理学的な想像をしていたつもりだった。ひょっとすると、濁った水とともに何かごつい形の物が流れて来て、橋に致命的な一撃を加えることもありそうに思えた。そうなると、橋の上でのんきにそんな悲惨な情景を想っているわけには行かない。

そのあたりから私の想像は何となく文学的になって来る。骨をねじ折られる者の、苦痛の唸り、ばらばらになって去って行く者の、悲鳴、それが既に私の耳許になんだか残っているような気になる。そして更にその時の情景を確かに知っているように思えて来る。私は橋とともに流されながら、近くを流れている丸太を五、六本搔きあつめて筏《いかだ》を組む。どうしてもこの川の向こうへ渡らなければならない。一日がかりで越えて来た山へ、この川のためにもう一度逆戻りするのは絶対にいやである。それに夕日は沈んで、早くしないとあたりは暗くなってしまう。

私はその急流のへりを四、五十メートルばかりうろついて見る。川下は滝が続いていて到底望みがない。万一流された時のことを考えるとなるべく川上へ行った方がいい。濡れるのを厭《いと》う気持はもう全くない。濡れた体を乾かすことは何とでもなる。流されてしまいさえしなければそれで上出来である。

私は倒木を引きずって来た。それはかなりの力が必要だった。それを岸辺で、一度立てるのにも、せっぱ詰まった時でなければ出せない力が必要だった。それを向こう岸目がけて倒す時には、祈りがこめられた。

それは意外にもうまく行った。幹に乗り、枝につかまり、あるいは枝にのって幹を抱きかかえ、慎重になり、大胆に進み、膝から下を水につけただけで向こう岸へ辿りつくことが出来た。

何が嬉しかったか。渡れたことか。それとも努力したことか。それとも……。

分教場

何度か歩けば、遠いと思った道も案外短く感じられ、所要時間も短縮されるものだが、その道はいつまでたっても長く遠かった。何を楽しみにこんな道を歩いているのだろうかと、必ず二、三度は思う。そして私は、若い頃はともかく、楽しむために旅をしているわけではないのに、何故また恨みがましいことを思うのかと、自分に言いきかせながら、不可解な微笑がもれて来る。

それに今度は雨も降っていた。道の雪はあらかた消えていたが、道のぬかるみのひどいところが随分多く、はねをあげた。緑の新しい色が時々霧の去来する向こうにあり、鳥もそういうところで時々鳴いていた。

その長い道の、最後の部落に分教場のあるのを忘れてはいなかった。部落の子供たちが、道草を喰い、お喋りしたりふざけたりして歩けば、ずっと下の小学校まで片道三時間はかかるだろう。そこで分教場が数年前に出来たのだが、それまで子供たちはどうしていたのだろうか。雪の深い季節には大人でも容易には進めない道なのに。

分教場が出来れば、子供たちはたすかるだろうが、そんなところへ来る先生が気の毒である。私は前にこの部落にひと晩厄介になった時に若い男の先生と話をしたことがある。

先生は笑顔を見せずに、誰かが来なければ子供たちが可哀そうだし、私は満足していると言っていたが、怺《こら》えに怺えてそう言っている表情であった。

納屋を改造したという分教場には一年生から五年生まで八人の子供がいて、先生は何から何まで一人でやっていた。六年生はいなかった。私は今度はその部落には泊まらないつもりで来た。けれども先生にはちょっと会って行きたかった。学校を出てすぐに山奥へ来た先生が、やつれて、すっかり気力を失っているのではあるまいかと気にかかっていた。

夕方、子供たちはめいめいの家に戻り、先生は一人でオルガンを弾いていた。

私が窓硝子を外からこつこつ叩くと、先生は窓をあけて懐しがる。泊まって行かないかと頻りに言う。私がその気にならないので顔が曇る。五分の話が十分にはなったが、私は自分の山旅を続けるために、雨の中へと歩き出した。間もなくオルガンの練習がはじまり、実のところほっとした。この夏に試験をうけて、音楽を教える正式の資格をとらなければならないと話していた。

先生のオルガンは上手だとは言えなかった。合格すればいいがと首を傾げるようなものだった。けれども暫く歩いて、そのオルガンの音が小さくなり、川音が再び高くなり出すところまで来て立ちどまると、跡切れ跡切れに濡れた青葉の向こうから伝わって来る音が、まことに美しく響いた。分教場は、私の歩いて行く道からはもう見えなかった。

夜明け

かなり強い西風が吹いていた。多分、その建物の位置で、夜が明けてあたりの風物がはっきり見えはじめるまでは、そんな風の吹いていることなどは分からなかった。窓硝子が、昨夜の月の明るさとは異なった、鉛色になった。夜が明けはじめたことは分かったが、そこをじっと見ていると、深海へ沈んでいるようにも思えた。それにも拘わらず、少しも息苦しさが感じられないのは、何処からか新しい空気が絶えず流れ込んでいるような、かなり工夫された部屋に密封されているからかも知れなかった。あるいは逆に、空高く浮かび上がっているようにも思えた。そう思っても、自分が何か殆ど完全に安全を保証されている部屋に入っていることは間違いなかった。

私は、どうも昨日からのつながりがはっきりしないので、もう一度目を閉じて、雨の激しく降っている道を歩いたことからの記憶を出来るだけていねいに辿ってみようとした。

さんざん迷った挙句に、右の道を選んだ。それには何の根拠もなかった。雨がいくらか弱まると、あたりには霧が流れ、その霧はますます濃くなるのだった。そういう中の道を歩いた。山が時々近く迫ったが、迫ったように感じられただけでほんとうは丘陵の末端の僅かの崖のへりを道がまわっていたのかも知れない。

それから？　何故思い出すことが出来ないのか。私は濡れ切った上衣のまま、草の繁っている窪地を見つけて、そこへ体を入れ、もうどんなに雨が降ろうが、何が起ころうが動くまいと決心した。動かずにいることは、同じ歩調で何処までも道の続く限り歩くのと変わりないと判断したからだ。それはある場合には誤った判断になるが、この時は判断に狂いがなかった。しかし私はそこにいない。此処にいる。私の体はどこも濡れていない。息苦しくもなければ、窮屈な気分もない。ただ、あまり安楽であるために眠りにおちてしまいそうである。この眠りへの誘いは、極めて自然であるのに、自分の今の柔らかい意欲には反したことである。それにも拘わらず、私には眠りのあとの目覚めがあった。その眠りは瞬間に近い短い時間のものであったのか、それともあらゆる緊張した想念が解体されるまでの、長い時が過ぎていたのか、急には見当がつかなかった。私は自分の腕の時計を見ながら、その針の示している時刻を信用するわけには行かなかった。

それから、窓辺へ立って外を見た。はじめて見るような風景にも見え、毎日見なれている場所のようにも思えた。正面の山の、右手へのびている尾根は、まちがいなく私の登ったものだった。春の盛りの、花との出合いを悦びながら登った道があの尾根には必ずついている筈だった。すると太陽がその山を横ざまに輝かせた。その時になって、空には一片の雲もなく、昨夜の窓の月光も夢でなかったことが確かめられた。雀が二羽、軒から飛び立って行った。

草いきれ

切符は終点まで買ってあったが、谷間の眺めの単調さが、頻りに眠りを誘うので、乗合自動車を下りた。途中下車は出来ませんよ、無効になりますから切符はいただきます、と女の車掌が言った。

よく承知しておりますと私はばか丁寧に返事をした。決していや味には聞こえないように言ったつもりだ。

私は優れた風景を好み、それを見つけたらゆっくり眺めたいと思うので、自動車を途中で急に下りることが屢々《しばしば》ある。それで、その理由を簡単に説明し、それだから下りる時に料金を払わせてもらえないかと頼む。この頼みが叶えられることは珍しい。

乗車した以上は乗車券を買わなければならない。そのくらいのことが分からないのかときつく教えられる場合もある。それで、かなり損をすることになっても、終点まで切符を買っておけば文句を言われない。何処で下車したくなるか分からないという乗り方はつまり目的地が定まっていないのに乗ることであって、非常に我儘な行為になる。だが私の旅にとってはこの我儘が大切な要素であって、これを捨てて、ただ目的地まで運ばれて行くのはかなわない。

さて私は、切符を無効にして下車をしたのであるが、単調な風景が眠りを誘うというのは不正直な言い方であって、実をいうと、私の席の隣りにいた男が、下らないことを喋り

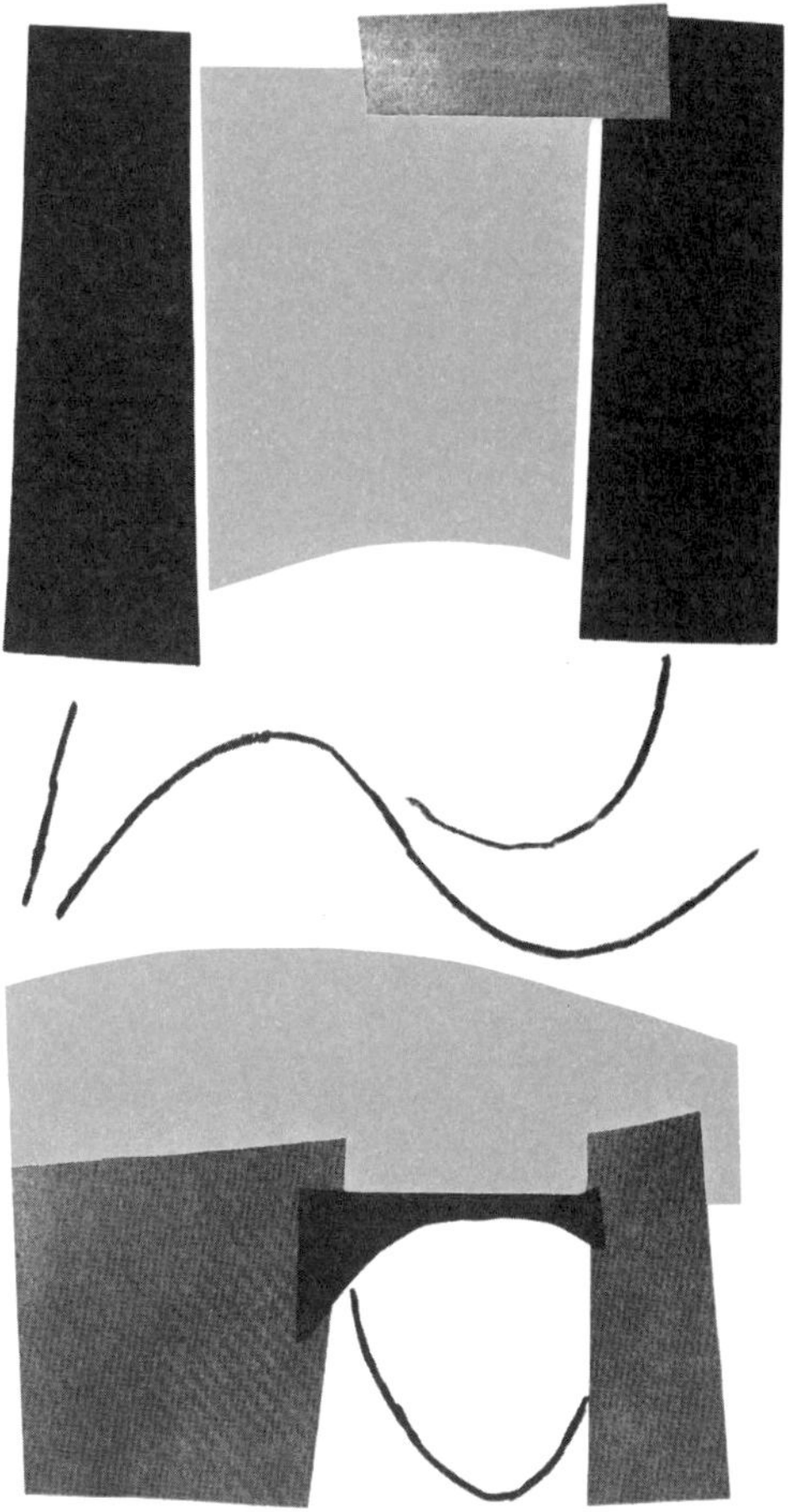

続けて、うるさくて仕方がなかった。

独りで旅をしていれば、話しかけられることも覚悟をしていなければならない。時には私の方から話しかける場合もある。しかし、この男のように、しつっこい話し方には我慢が出来ない。その話の内容はこういうところには書きたくない。

ともかくそんなことで、自動車を下りたのは大変に賢明であった。道も眺めも確かに単調ではあったが、私の性《しょう》に合わない男の、説得的なお喋りを怺《こら》えて終点までつき合っていたら、発狂していたかも知れない。

私は自動車の埃《ほこり》を避け、暫時、気分を鎮めるために、道のわきの崖を攀じ登り、草むらに分け入って行くことにした。エゾハルゼミが鳴いている。木々の葉は充分に繁って、日光は殆ど遮られ、ほどほどの木洩れ日であったが、さすがに草いきれはひどかった。

少し道を歩き、歩きながら川原へ下るのによさそうな場所を探すべきだったかも知れない。けれども下るのは大したことがなくとも、そこを再び登ることを思うと、それも利口ではないと判断した。

生暖かい草の匂いが、淀んだままである。またたとえ風が吹いたところで、草いきれはこの谷全体をうめているので、これからのがれようとするのは見当ちがいの、不心得と言わなければならない。私は自動車を下りた時に思ったほど、自分が賢明だったとは思えなくなった。

峠

近道がつくられたために、この峠を越える者が殆どいなくなった。歩くために出かけて来た人まで、近道のあることを知ると嬉しそうにそっちへ行ってしまう。

山道は人が歩かなくなると、こんなにも短期間に荒れてしまうものかと呆れるほど、姿を変え、亡びてしまう。もっともそれは完全に消えてなくなってしまうわけではない。高速道路を最低の道だとすると、この峠みちは第一級の道に近い。

そう言えば、長年歩いて来た山道のうちで、これ以上すばらしい道は、恐らく他にはあるまいと思ったようなところがあったろうか。あるいは第一級の道などと無雑作に言ったけれども、それを具体的に言うとどういう条件が考えられるのか。

それはむずかしい。むずかしいばかりでなく、愚かなことでもある。なぜなら、仮にいろいろの条件をそなえた道、なだらかで、歩きよくて、眺めもよく、その季節には小鳥の声もきけるし、花も咲いている、ところどころに水が流れ、休むのに都合のいい草原と日かげがあり、……というような道を考えて書き立てたりすると、どこかの誰かがさっそくそのような道をつくって、その道に名前などをつけたりする虞《おそ》れが充分あるからだ。

私は山みちを峠へと向かいながら、少し腹を立てていた。そんな気分になったところを

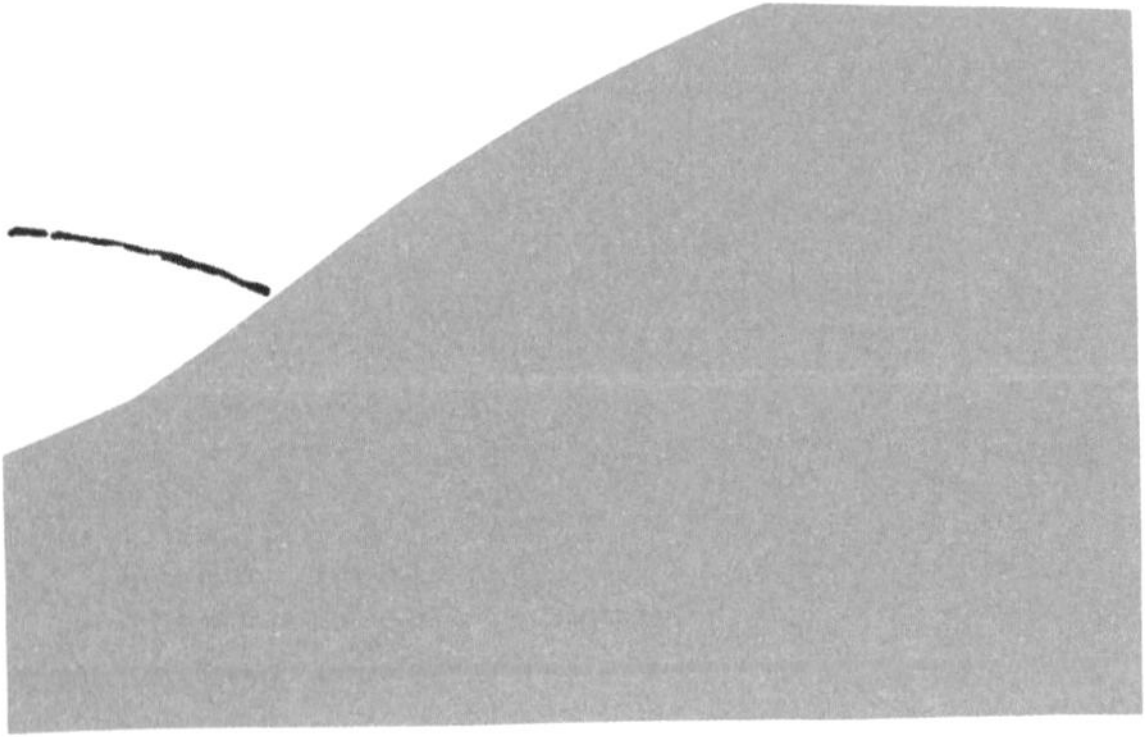

見ると、この道は第一級とは言えないかも知れない。そして峠へ辿りつくまでの四、五時間を浮かないまんまの気持で歩いていた。午後の空はかなり霞んでいたが、雪を残している山が並んでいた。それを見て満足したというより安心をした。山がもうなくなっているのではないかという不安などは抱いていたわけではないが、やっぱりあったと思った。

その峠を越えたのは十三年振りのことだった。十三年という年月はそう長くも感じられなかったが、この峠を人が殆ど歩かなくなってからはまだ五年か六年しかたっていない。

人間がその道を放棄しさえすれば、自然が本来の姿に戻るのは早い。それでほっと安心したのだろう。

雨の多い筈の季節であるのに、よく晴れ渡っている。明るいけれども、眺めとしては物足りない

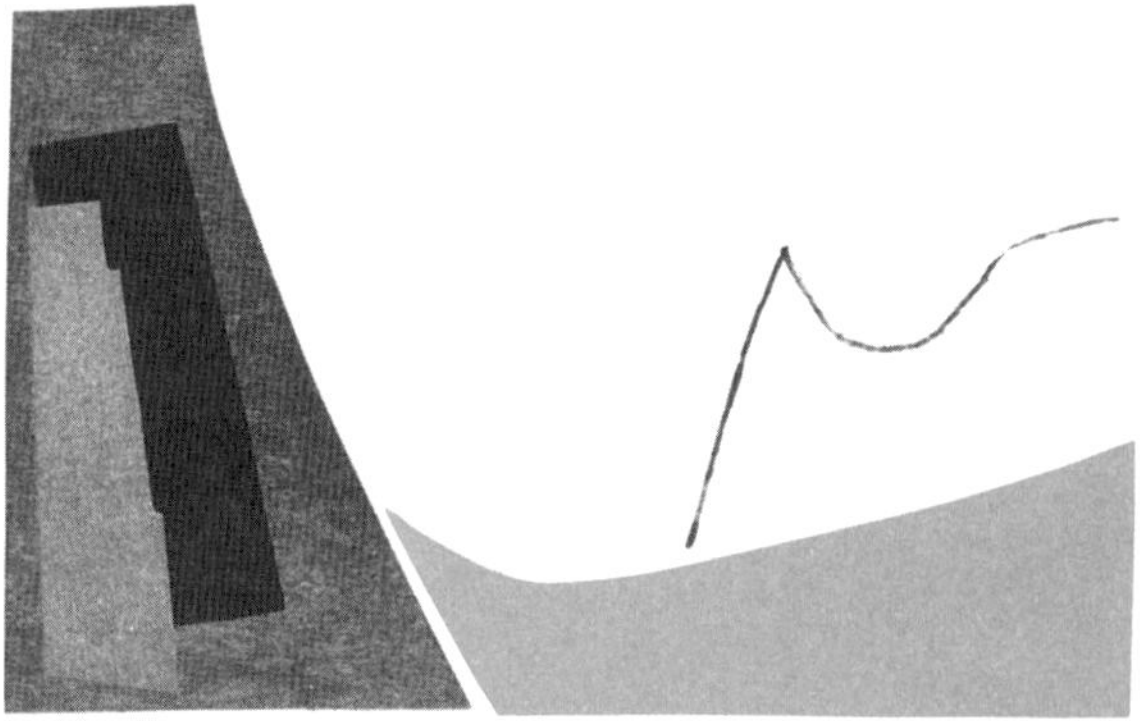

感じがする。風もなく雲もなく、動いているものは何もない。
　そう言えば、昼前に、草の蔽《おお》いかぶさった道では、蝶がさかんに飛び立っていたが、この峠まで来ると蝶もいない。それは高さのせいではなく、時刻がもう夕方に近くなっているせいかとも思った。
　私はそこで、これまでに越えた峠を思い出した。数えることは到底出来ないが、その風景の急激な変化に驚いたり、期待を裏切られたり、峠を吹き抜ける風のために、ひと時もとどまっていられなかったことなどを回想する。
　そして、山を下ってからの、ある意図をもってする回想ならばともかくとして、現に一つの峠にいながら、昔のことばかりを思い出してしまうのは、それも私にとっては自然なのかも知れないが、寂しいと思った。

星

夕方は薄く雲がひろがっていたから、空一面が桜のような色になったのだが、その雲はもう消えてしまったらしく、星の一つ一つの輝きが鋭い。星を見るなんて、そんな恐いことはとても私には出来ないと言う人に昔出会った。私はちょっと驚いて、こんなにきれいな光を見ようとしないのが腑に落ちなかったし、その人には何か特別の、星が原因となっている人間界での出来事でもあったのだろうかと思った。星の光はきれいだと思いますが、その周囲の底のない暗黒を、どうして恐がらずに見られるでしょう。それを見ずに、星の光だけを見るというような器用なまねは、到底出来ません。そう言われてみればその通りだと思うより仕方がない。無限の宇宙の永遠の沈黙が私を恐がらせると書き残したパスカルのような人が今もいるわけだなと思った。

私はゆるやかな傾斜の草の中で一夜をあかしながらそのことを思い、星のばらまかれている黒い空間を凝視していたが、なかなか恐くはなれなかった。それは私が愚かであるため、感覚が鈍いためとも言えない。むしろ不名誉な、うまく目をそらすという器用さを、自然に身につけてしまったからだろう。これまでの、山中の夜あかしで、こんな沢山の星と向かいあっていたことは、何度ぐらいあったろう。晴れていれば、星は必ず煌めいていた筈だが、その場所が森の中であったり、岩のかげであったりすると、天空が三分の一ぐらいしか見えず、あるいは繁みのあいだの隙間から、ある短い時間覗いた星だけが、その夜の印象として残っている。むしろその方が印象としては鮮明なものだろう。つまり私の期待は夜空の出来事である。天の異変をこの高い尾根の草原から眺めようという虫のいい願いである。そのためには少しは精神の朦朧《もうろう》とした状態を自ら作らなければならない。

かつて私は夜更けに、ちょっとここに似た地形の草原を歩いていると、二十メートルばかり離れた草の中に、一つの星が落ちて、なお天上にある時と全く変わりのない光を放っているのを見付けたことがあった。立ちどまって息をころし、動かずに暫くのあいだ容子《ようす》を窺がっていた。青白いその星は、まだ生まれて間もない子供であって、ひょっとしたことで天の回廊から足を踏みはずし、失神したまま地上に落ちて来た。私はそう堅く信じ込んだ。

その草原を、気付かれないようにしのび寄って行くことは至難の事と思われたし、仮にそれには成功したとしても、小さい毬ほどの大きさであっても、星は高熱のものであるというから、手のひらにのせるわけには行かない。この星の正体については書かないことにしている。

これほど珍しい出来事は望めないにしても、私が眠りはじめる前に、あるいは、ひと眠りのあとで目をさました時に、星の異変が見られないものか。

果樹園

　列車の窓をあけ、風が入りすぎるところで、私は旅の終わりを、放心したように、ただ外を眺めていた。風景には鉛の重さがあった、色は殆どが緑で、その緑の種類も少なくなっていたが、そこに鉛の重さを感じたのは、間接に、気温だの、薄曇りの天気の、この季節に特有な眠りを誘う鈍い光だの、そうしたものが作用をしていたのだと思う。

　遠くの山は霞んで、その輪郭を辿るのもむずかしいほどである。そしてそれがまた一層私の頭を鈍くする。こういう時はもっと近くの、手前にあるものを見ていればいいわけだが、私の眼は、横に速く流れるものを見ると、不都合にも疲れ易くなっている。

　枝を大きくひろげ、葉をたっぷりと繁らせた桃の木があった。桃の木は何本も次々と現われ、果樹園になって来た。沢山に実をつけているのがよく見える。ひとりでは到底手がまわりかねると思うのに、白いシャツの人が大きくなりはじめたその実の一つ一つに、紙の袋をかぶせていた。

　ちらっと見えただけで通り過ぎて行くこの光景を、こうして綴って行くと、列車はゆっくりと進んでいるように思われるが、実際は速くて始末が悪い。私は急行列車などを選んだわけではない。ひと駅ごとに忠実に停車して行く、愛すべき普通列車であるのに、それが身分不相応な速力を出すのである。人智の暴走に影響され、人を短時間で遠方へ運ぶものをいいことだと心得ているようだ。

一つ一つの実に、袋を丹念にかけている人がいるのに、私はなぜこんなに速く運ばれなければならないのか。私はとうとう、文明についての、正しい意見を組み立てなければならなくなった。

ところがこの列車はやはり愛すべきものであった。急に速力が落ちて来ると、車掌は臨時停車を告げる。私はしめたと思う代わりにおかしくなってしまった。無意識にあたりを見廻したほど、私はひとりで笑った。あたりには乗客はいない。

何分臨時停車をするのか、それは知らせがないが、こんなところで、桃の畑の木をゆっくり眺められるとは思わなかった。

互いに枝を交え、大きく伸びた枝はそこを切り取らずに、丸太を立てて支えてあった。桃の木は、その一本一本を見ると、どれも独りでは立っていられない姿だった。

多くの実をつけ、それを大きく重く、瑞々《みず》しく育てるのは、その木自身ではなかった。木はいくらか諦め、いくつかは自然の力を思い出して抵抗しながら、今年の枝を更に横に大きく張っていた。

私は、その桃畑を歩いている自分の姿を思い描いていた。やさしい天然の香りが、夏の、やっと烈しく照りはじめた太陽の光の糸にからまりながら、果樹園からあふれていた。時たま蝶がまよい込んで来た。しかし、その空想を私は実現させなかった。桃の畑を歩く目的でもう一度出なおして来るのは至極やさしいことであったのに。

誘惑

誘惑の前には、立札が立っているだろう。

「この先、崩壊の危険あり、通行を禁ず」

そのぶっきら棒な書き方のしてある立札の前で、すなおで、用心深くなる人は、たとえ戻らなければならない道がいかに長くとも、がっくりと肩を落として引き返して行くだろう。ところが、この立札の前で、疑いや、怒りや、好奇心が渦を巻きはじめると、いまいましいものを見てしまったと鼓動が高まり、その勢いを借りて禁じられた道を歩き出す。決して恐る恐る、躊《ため》らうような足取りで歩いてはならない。それは歩きはじめたことと矛盾する。

そしてその道が、立札の文句にあった通りに、いかにも崩れそうになって来ると、誘惑の意味がはっきりして来る。

だが何が誘惑したのだろうか。その人の計画は、この道を通ってある地点に到達することだった。目的の地点に着くことが出来れば、どんなに遠い廻りみちに変更しても構わないというわけではない。危険を知らせる立札は余計な物であった。

だが、こんな立札があったために、どうしてもそこを通り抜けてやろうという誘惑が浮かびあがったのかも知れない。

危険区域に入り込み、もしそこで、予告されたような事故を起こした時には、嘲笑《あざわら》われ、軽蔑をされるだろうが、別段何事も起こらなかった場合には、用心深く引き返して行った人が、逆に、勇気を欠いた人として嘲笑われることもある。（これは少々問題を孕んだ思想である）

ところが、そうした立札や、忠告、予告というものが全くない誘惑がある。その時、たとえどんなに激しいおののきに襲われても、その人には誘惑という言葉が浮かんでは来ない。

困難と思われていた岩を登って、その思いを消し去る。それは新しい経験に臨むことである。あるいはこの場所での、自分の選ぶこの道を進むことによって、より多くの物事を知るというすばらしい口実に後押しをさせた行為である。

人は、心に誘惑という言葉は浮かんで来なかったとしても、それを感じている。そして誘惑に対して用心深くなるのではなく、誘惑を隠すのに慎重になる。

誘惑は時には明るい微笑を与えるが、重く息苦しく、そして屢々《しばしば》目前を霧で朧《おぼろ》にし、現実を幻想的にし、悪寒を伴った戦慄を起こさせる。

この誘惑の重さを、少しでも軽くし、それからのがれるためにどうするか。誘惑を正当化する理由を見付けるだけである。そして人間はこれが巧みである。

誘惑の道の入口に、通行を禁止する立札が必要であるように、その道の向こうには、そこを通って行かない限りは味わうことの出来ない甘美な陶酔が約束されていなければならない。それが人を誘惑する根源である。

炎天

漁師の家や農家に厄介になっていたことがあるが、彼らは夏の炎天に出て仕事をするのは稀であった。何も諸条件のよくない日盛りに出なくとも、そのあいだは休息をして、少し日が傾きかけてから、船を漕ぎ出し、野良仕事にかかる。

これは彼らの賢さというよりも、知恵以前のことのように思われた。かつて覚えた田の草取りを、炎天下で私がやっていると、農夫たちは、不可解な顔をした。それは彼らにとっては、懐中電灯を頭にしばりつけて、真夜中に田んぼに入るのと同じことのように思われたらしい。

山登りは、午後の日盛りには二、三時間休息し、岩かげや木陰で午睡をする、そういうわけにには行かない。計画の立て方によっては、それも可能かも知れない。しかし、陽射しの厳しさを承知の上で山を歩いているものにとっては、そんなことはもったいないし、愚かな行動となる。

だが私は、どう考えても利口だとは思えない、ひどい暑さの道をあえて歩いた。

風がなく、雲もなく、日光を遮る木もなく、道の両側は畑の続いている丘陵であった。畑の向こうに山麓のひろがりが見え、それが次第に高まって、山の頂きまで、遠く退きながら続いている。その眺めは、もちろん立派であった。ただ私が期待して来たほど、自分の歩いている丘には、起伏も乏しく、地形のおもしろさは何もなかった。

天気が続いて、道は白々と乾き、ひび割れたところよりも、殆どが黄粉《きなこ》をたっぷりとまいたような道であった。私は自分の汗が、その黄粉のために玉になってころがるのを何度も見た。その道は同じようにいつまでも続き、人も通らず、轍《わだち》のあとは幾つもついてはいたが車も通らず、私には、いつになくそんなところを、へとへとになって歩いている自分を、秘かな誇りによって、きりりとさせる気分も失われていた。

畑の農作物のうちで、丈高くのびているのは玉蜀黍《とうもろこし》であるが、それは畑のへりに一列に植えられ、頭上から照りつける太陽を遮る役には立たなかった。道のわきの土手に腰を下ろし、荷物を肩からはずしてみたが、しぼり出される汗は一向にとまらず、すがるもののどこにもない寂しさに襲われ出した。

腕の時計は午後一時を少し廻ったところ。だが、ぜんまいは充分まいてあるのに時計はとまっている。腕を振り、腕から時計をはずしてまた振ってみたが動いてくれない。それなら、今はもう二時を過ぎ、やがて太陽は傾いて行く位置に移ったのかと思って空を見ると、まだまだそんな気配はない。時がたつことばかりを頼みに歩いて来たが、私は遂に時からも見はなされてしまった。私の前には、永遠の真夏の日盛りがあり、白い、炎天の道が際限なく続いていた。

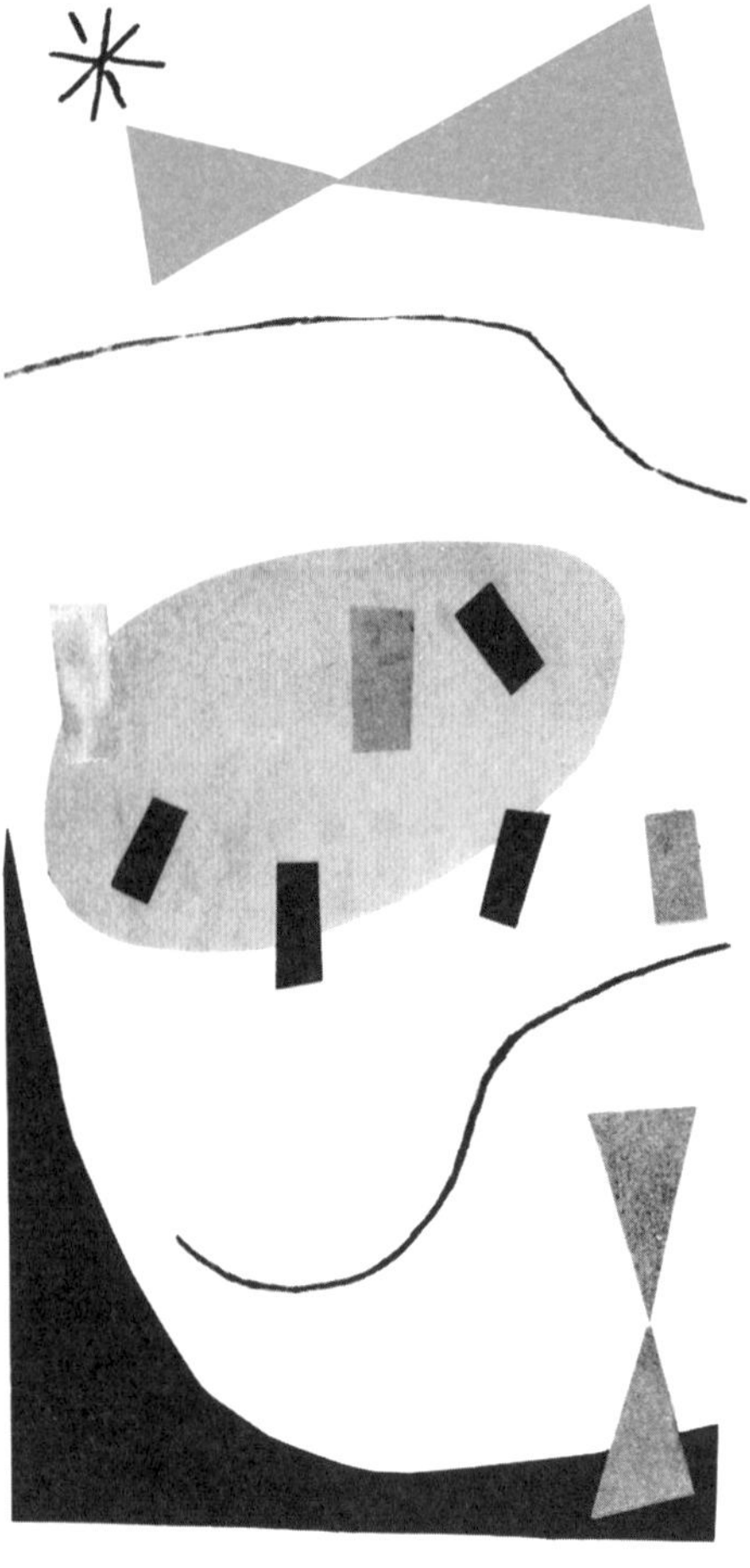

馬

山の中で馬に出会った。

朝からしきりに霧の流れている日で、遠い眺めはなく、自然に俯《うつむ》き加減になって歩き、時には今自分が山の中の小みちをひとりで歩いているのを忘れた。夏草がその道を深く蔽《おお》い、膝で歩いて行くように思われるところもあった、霧は草の緑をたっぷりと濡らし、何度か道を失い、そのまましばらく行くと、いつの間にかまたちゃんと道を歩いているのだった。

見渡すことは出来なくとも、山の上は、どこまでもなだらかな起伏が広々と続いていた。そこが地形から言っても、花の種類から言っても、いやに単調であったのは、霧のためでもあったし、またその霧で、頭の動きの極度に鈍くなっていたためかとも思われた。そういう山の上で一頭の馬に出会った。

道のすぐ目の前に、突然現われたので、私の方は立ちどまって、さてどうしようかと一瞬思ったが、馬は何の驚きの容子《ようす》もなく、じっと、少しはあわれっぽく私を見ているので、私には近付いて声をかけながら挨拶をしようという気持が整えられた。それにこの山へ登る途中に、簡単に丸太をしばり合わせた柵があり、それをくぐり抜けて来たことを思い出し、このあたりが山上の広い放牧場になっているので、この出会いはむしろ当然であった。

私は馬の頸を叩き、その鼻面を撫でた。馬は、別段、なれないことをされたような顔もせず、二、三度続けざまに、睫毛の長い眼が目ばたきをしただけだった。だがそれだけの僅かの交渉で、この馬とは古い付きあいがあって、久々に、それも偶然に出会って悦びあっているような気分になってしまうのだった。馬はその私の気持に答えるように、前脚を半歩ばかり踏み出して、その大きな鼻面を私の肩のあたりに押しつけて来るのだった。

時々薄くなる霧の縞のあいだから見ると、そこは窪地で、草もとりわけ青々としていた。その馬にとって、そこは確かに、ゆったりとひとりで草を食べているのにはいい場所であったに相違ないが、決してそこを秘密の場所などにするつもりはなかったと思う。

私が一つ残念に思ったのは、もしもこんなにおとなしい馬に出会うと分かっていれば、ひと袋の塩を荷物の中に加えておくべきであった。山の上に放たれた馬が、どんなに塩を待っているかを知っている。そして、その馬も、見たことのない牧夫のようだが、私が必ず塩を携えているものと思い込んで、それでこんなに人なつっこく顔をよせて来る。

期待を裏切らなければならないのは、何としても辛い。たとえその期待が一方的であって、私に何の手落ちがあったわけではないにしても、その事情を馬に知らせる方法がない以上は、私は裏切者と思われても仕方がない。

山上の霧の流れる中で、馬と別れた。馬は当然のように私のあとについて歩き出した。私は首を大きく、何度も振った。

馬は霧の中へと消えた。そして私の足音を霧の中に聞いているに違いなかった。

雷雨

尾根みちを歩いて行く私の周囲に、午《ひる》ごろから吹きはじめていた風は、どうも、夏の山をのどかに吹き渡るものとは異なっていた。それは空気の動揺にはちがいないにしても、その空気は既に、何かの作用を受けて、質を変えていた。

時々、近くに大きな罐《かま》でもあるような、熱風が私を包み、くらくらとなったかと思うと、今度は冷凍室の扉を開いたように、冷たい空気が流れて来る。谷から湧いて空へ昇る雲は、その大部分が荒っぽく短時間に育ち、お互いに小突きあいをし、大小の無言の暴発がいたるところでくりかえされ、流れ去って行こうとするものもないので、空は雲の犇《ひし》めきあいとなった。

それでは、尾根を歩いている私は、すっかりと雲に閉ざされてしまったかというと、それが不思議で、尾根をからむ道は遠くまで見渡せたし、谷を隔てた向こうの山の稜線もよく見えている。ただ山々は、空の雲のあまりの賑わいに、黒っぽく元気を失っているようだった。熱い風も冷たい風も来なくなったときに、私は最初の雷鳴を谷を埋めた雲の奥の方に聞いた。世界はこれをきっかけとして、変わる。それは交響曲の中にしばしば使われる展開の手段にも似ていた。

雷は今度は二回続けて鳴り、その反響が遠くまで伝わって行くのが分かった。しかし三度目の雷鳴は頭上から、なだれ落ちるようにやって来た。私もその時になって、烈しい雷雨になったらすまして歩いているわけにも行かず、身をかくし、雨をいくらかでも避けられる場所があれば、しばらく容子をみた方がいいかと思った。頭上の黒い雲が下がって来て、あたりは際立って暗くなり、風化された花崗岩のあいだの僅かの草の色が急に鮮やかに見えて来た。

私は二、三十メートル先に、大きな岩を見つけ、その根元に蹲《うずくま》っている賢明な自分の姿を想い描いて、少し歩き方を速めていたが、そのあいだに槌は振り下ろされた。体が天へ吸い上げられるように思ったのが一瞬先で、次にはあたりが紫に光り、大音響に叩かれて前にのめった。つまり一瞬の差があったけれども、それは殆ど同時の、結局は一瞬の出来事であった。

突き飛ばされて前にのめったが、倒れはしなかった。その代わり否応なしに駈け出して、岩のかげに体を寄せた。雷は私をねらったに違いないが、ねらいに狂いがあったのか、それとも、躇《ため》いに似た気持が動いたのか、私はその最初の一撃をのがれることが出来た。岩かげに身を寄せている私をねらい撃ちするほどの器用な腕は、雷にはなかった。そして多分、私の姿を見失ってしまったのか、意外にも諦めよく雷は去って行った。

三十分ほどの驟雨《しゅうう》が雷鳴のあとを追って行った。その時は、すべての物が消え、私は防ぎようもなく濡れて行く自分を見ているだけであった。

手帖

山旅に持って行く手帖のことで、いろいろ考えたことがあった。例えば、出かける前に、予め時間と場所と、その他天気なども書き込めるような罫《けい》を引いておいたり、一センチの粗い方眼紙をつくっておいて、やや正確を必要とするスケッチをする用意をしたり、考えられる限りの工夫をしてみたこともあった。

こうした準備をしておけば、確かにそれだけのことはあったが、それを丹念に利用し、きれいに書き込んで行くということで、時々苛々《いらいら》するようなことも起こった。それと、あまり調《ととの》った準備の仕方をしてしまうと、そこからはみ出した予期しなかった出会いを、捨てるようになる、これが一番愚かなことであった。

日常の記録、あるいは備忘、これは別である。だが山を歩いている時の自分の気持は、普段とは違って分散し、何処で何と出会い、何を見付け出すか分からない。それが悦びにつながり、山歩きの値打だとすれば、予め計画したことに強くしばられているのは愚かである。珍しい出会いのため、新しい驚きのために、ある地点での記録を書きとめるのを忘れたとしても、これは、少なくとも私のような山旅では、別段大したことではない。

そこで私は、手帖のためにあんまり気を配ることをやめ、年のかわり目に方々の会社から送って来る手帖のうち、比較的薄く小型で、余計な記事の入っていないものを山旅用にすることにした。そしてそこに印刷された罫を無視して、すべての形式をはなれて、書いておいた方がいいと思った事柄を、最も簡単に記す。

それで私の山の手帖は三年もたたないうちに、そこに書いてある文字の意味が自分にも分からなくなる場合がある。それは、既に役立たせたあとの残骸であるから、分からなくなっても一向に差支えない。

もう開くことはあるまいと思って、紐をかけ、箱に入れておいた、黴《かび》だらけの一冊を出してみる。ある一頁にはこんなことが書いてあった。

「水ヲ呑ム、（ハラ這ヒ）ℓ→／笑ヒ＝水素」ℓ→はライターを流れに落としそれを拾うのに苦労した記憶がある。水を呑ませてもらったお礼に、工合よく使っていたライターをこの川にやってしまうのは惜しい。手をのばし肩まで水に入れて川底をさぐったが駄目。遂に山中にて潜水して拾いあげたのであるが、「笑ヒ＝水素」の意味はもう分からない。

また別の頁を開いてみる。

「同ジコト也。同ジコトヲくり返し、それがどうしてイケナイ」

「脈搏九二→九八。七一→七八。私の手首は他人。／金と銀の粉をまぜた安っぽさ。これを安っぽくなく通用させるように」

「CORRECTOR FOR ?　まるでZの如シ」

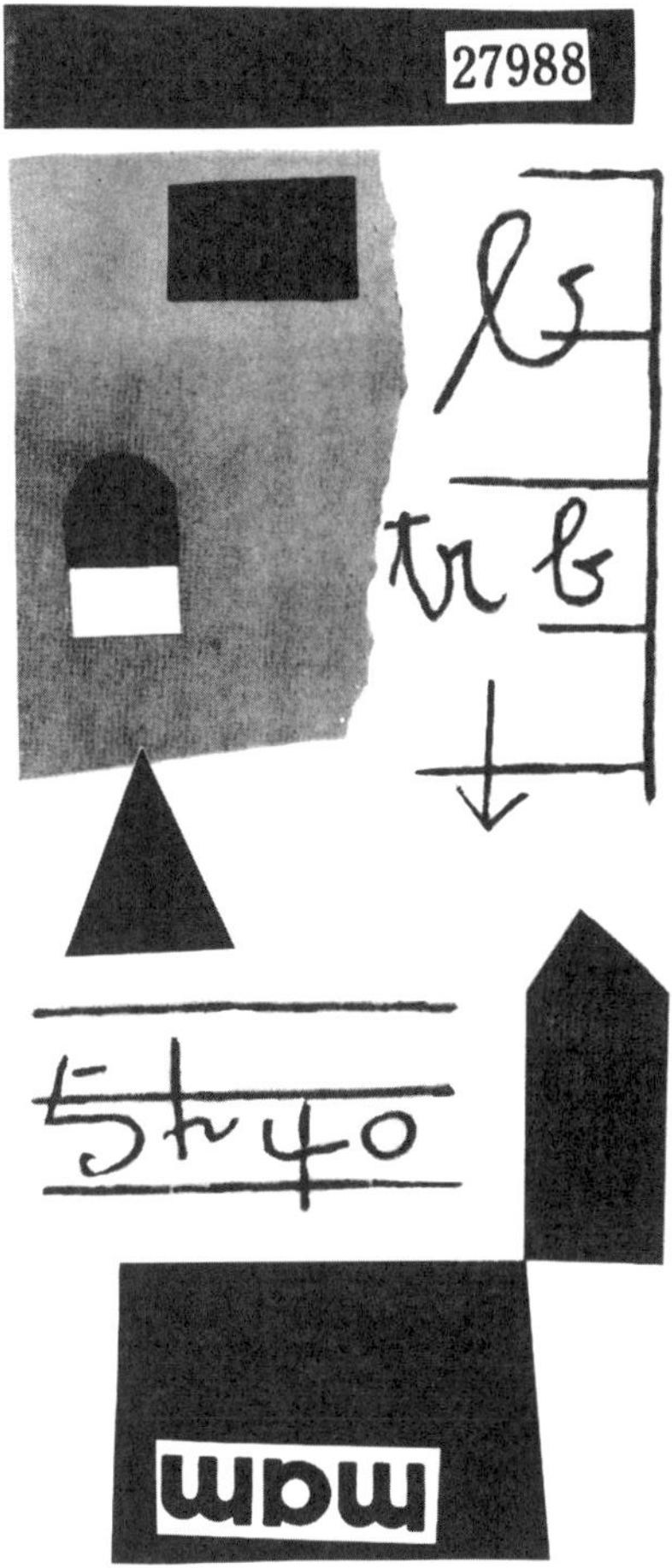

こんな書き方をしている手帖は、死ぬ前に焼却してしまわないと、やっぱり彼は狂っていたと思われるだろう。

夢

山へやって来た時に、山の夢を見るのはどうもばからしいと考えるが、そうかと言って、山で見る夢ならこんな夢という気のきいた考えがあるわけでもない。

自分の見る夢の操縦が私にはうまく出来ないのは残念である。

尾根から少し下ったところに、荒れはてた無人小屋があると、前日の朝に通った村の人から聞いていたが、話によるとその小屋を誰も利用しないのは、夜半を過ぎるころに、小屋を大勢の者が取り囲んで、低い声で歌いはじめ、それが気にかかって眠れなくなるということであった。

それは雪の深い季節に十数人で登ったどこかの青年団員が、その小屋をさがして見付からず、寒さのために次々と斃《たお》れ、ある者は小屋からほんの十メートルも離れていないところで死んでいたそうである。

私はそういう種類の話をいろいろ聞かされたこともあるが、まともに信じられない不幸な人間であって、せっかく、おやと思うような奇妙な音を聞いても、怪しくふくらんでくれない。十数人の若い人たちが死んだのは何年前のことなのか、私の記憶にはなかったが、それは事実であったらしい。低い声の合唱が、もしも大変美しいものならば、録音機をかついでもう一度出直して来るのもおもしろいと思い、いつになく、登りながら胸のわくわくするような山歩きになった。

その小屋を見付けたのは、大分暗くなってからで、まだ使うほどではなかったが懐中電灯を手に持っていた。尾根から斜めについた細い道は、草に蔽《おお》われていて、全くよく見付けられたと思った。そして小屋の周囲は木の繁みが深く、道をさえ切るように木が倒れていた。その木の幹はもう朽ちて苔に蔽われていた。古いその小屋は、想像していたほどに荒れていなかったが、扉を引くと、先着者のいることが分かった。板の間に蠟燭《ろうそく》がともっていた。私は「こんばんわ」の声をかけたが返事がなかった。水場は往復二十分ということだから、靴がないところを見ると水場へ行って、ひょっとするとそこで飯を炊いているのかも知れないと思った。だがそれはいいとして、蠟燭を板の間に、じかに立てたまま水場へ行って、その留守に何かの加減で蠟燭が倒れ、小屋が燃え出したらどうするつもりなのだろう。それに荷物はどこにも置いていない。炊事をしに行くのに、荷物を一切かついで行くものだろうか。蠟燭は燃えて短くなり、時々じりじりとかすかに音を立てる。私はさすがに靴紐を解いてゆったりする気持になれず、これから何が起こるか知れない小屋の戸口で身構えていた。

私の夢がここで終わって目が醒めたことは少し残念であった。夕陽が赤らみながら秋の無言歌を思い出させた。私は地図をひろげ、無人小屋のある尾根を通らない、別の道をさがした。

白骨

湖の岸に沿って歩いて行けば、きっと小みちを見付けるだろうと思っていたが、水の光や色に気をとられていたので、いつまで歩いてもそれらしいものに出会うことがなかった。ちょっとした砂地で、三十分ばかり体をのばして休んでから、今度は藪に入った。それほど歩き辛いこともないので、日が暮れるまでには、多分はっきりした道にぶつかるだろうと思った。藪は、まだそれほど黄ばんではいなかったが、生命の疲れ、老いの息、しめっぽい匂いがあった。つまりそれは秋を予告し、秋の意味を思い出させるものだった。今こんなところで、中途半端な自然に向かっている自分の気持を検討してみたところで仕方がないが、どうもあまり好ましいものではない。それは、つい数日前までは盛んな命に自ら酔ってもいたものが、まだそれとは気付かないうちに衰えを見せ出している感じでもあった。もっともそれに気がついたところで、自ら求め、季節に先がけて枯れてしまうわけにも行かず、それを考えると、あわれにも思うのだった。

私はその藪の中で、音を立てて歩いて行く足もとに白骨があるのを見て立ちどまった。直接それを拾いあげる前に、まず靴で周囲の草をおさえてから、既に乾き切った骨をよく見た。兎よりは大きい。しかし大きなけものの骨ではないように見えた。鼬《いたち》かも知れない。

もう少し柄の大きなもののようにも思える。だが、その骨が生きている体の中にあって、いろいろに使われていたのは、もうずっと古いことであって、死んで数年はたっているようだった。

私は骨を見ただけでは何の骨だかどうにも見当がつけられないと分かると、生きていた頃の状態は全く問題ではないと自分に言いきかせながら、その一つを拾った。それはどうも前肢の一部であったらしい。もう一つ同じような骨を拾って、二本を叩き合わせてみた。するると実に奇妙な音を立てた。どちらかと言えば、鈍い曇ったような音だった。音の工合で判断すると、この白骨はまだそれほど古いものではなく、脆さはないようであった。もう一度もう一度とその音を聞くためにぶつけ合っていると、私はこんなことをしているうちに、急に熱を出してふるえ出すのではないかと思われた。と言うのは、昔、白骨をおもちゃにしているうちに、それを持っている腕がいたみ出し、肘《ひじ》のあたりから段々に腐りはじめるという、怪しげな伝説風の話を創って書いたことを思い出したからでもあった。その物語は誰にも見せないうちにどこかへ見えなくなって、そんなことを考えた私まで、何かに呪われた不快な気分を味わった。

何の骨だか分からないそれを、埋めてやろうかと思って穴を掘りかけた。そこは足で蹴っただけでも簡単に穴のあけられるやわらかい土であったが、枯枝を使って穴へ白骨を入れていると、犬の遠吠えに似た声が聞こえて来るのだった。

画帖

スケッチ・ブックという言葉は、普段は何の躇《ため》らいもなく口に出しては使っているけれども、どういうものか文章の中では画帖と書く。

私たちの国は、外来語が幅を利かすのに好都合のところで、スケッチ・ブックのことをわざわざ画帖などと書くと、特殊なものを想像するらしく、私はいつも和紙を綴じた帖面のようなものを持ち歩いているように思った人もいる。それなら矢立を腰に差していなければおかしい。私は貰った矢立も大切にしてあるので、いつか旅に携えて行こうと思いながら、まだそのままになっている。

ということは、なるべく同じ大きさの画帖で揃えておいた方が、後になってそれを役立てる時にも、整理して棚に置く時にも便利だからである。

本当は一つの旅できちんと無駄なく一冊を使い果たし、また少し長い旅なら二冊でも三冊でも、それがきちんと終わればいいが、そんなことに気を配っていると、描きたくないものを描いて、最後になって紙がなくなり、まことに不愉快な思いをする。

写真は滅多に撮らないが、一本のフィルムをいい工合に写し終えるというのもむずかしいだろうと思う。

手帖と画帖は、私にとって大切なものになるにつれて、それをきれいに使い終えることなどはあまり問題にはならなくなった。絵の描き方も、ある意味ではぞんざいになって来

たように見える。しかしそれにはそれなりの理由がある。

　以前は、山頂に陣取って水彩で色までつけ、それの乾くのを待って二枚三枚と描いた。今思うと全く真面目な優等生のやり方であった。ところがこうして丹念に描いてしまったものは、旅の記念にはなっても、後々の役には立たない。ぞんざいに描くわけではないが、自分流儀の線描きは、融通性がある。そのことについてここにはあまり披露したくない。

　その大切な画帖を二、三度置き忘れたことがある。三十分も急な道を下ってそのことに気がつくと、流石《さすが》にがっかりはするけれど、取りに行かないわけにもゆかず、荷を置いて、空身《からみ》で再び山頂に引き返すと、大変時間を無駄にしてしまったようにも思う。だが、取りに戻った時には、前は雲にかくれていた山がきれいに晴れていたりすると、これは大儲けをしたことになる。

　人生でもたまに似たような逆戻りを経験し、やり直してよかったと思う場合もあるから、やたらに口惜しがるものではない。

　私は忘れた画帖を取りに戻って、それが見当たらなかったことはない。人の殆ど来ない山、人影のない季節を選んでいるせいだろうか。

　私の友人は、ある山で同じように画帖を置き忘れ、一時間ほどして戻ったら、どこをさがしてもなかったそうだ。大層残念がっていたが、私はその話を聞いているうちに羨ましくなった。人が見て欲しくなるような絵が描いてあったのだろう。

月夜

月を見にぶらぶらして来ると言ったら、小屋の主人は、裏の山みちを登って、芒《すすき》の峠まで行けば、上等な月見が出来ると言った。その上等な月見を私に薦めた爺さんは、別に私が誘ったわけでもないのに、俺は若い頃にさんざん月を見たからもう沢山だと言った。

峠まで四十分。懐中電灯を持って行ったが、山みちはずっと明るくて一度も使わなかった。峠の月は明るくて、芒もよく光り、それに虫まで秋の夜らしく鳴いているので、ふと考えると、知らずに芝居の舞台に出てしまったような気持になった。

月夜の峠に、あんまりぱっとしない男がのっそりやって来る、そんな場面のある芝居があったろうか。その辺に腰を下ろそうとしても露がたっぷり下りている。この月光の効果をうまく使うのには映画の方がいいかも知れない。相手はいないのだから、台詞《せりふ》は要らない。こんなところで独白などをしては安っぽくなる。

私は小屋の爺さんが、若い頃に月はさんざん見たからもう沢山だと言ったその言葉を、ここへ来てもう一度繰り返してみたが、これはどうも私の能力と趣味から言って物語に組み立てることは出来ない。

峠に立ったままこんなことを考えていたが気が付いてみると、こうした幻想的物語は、自分のことにせよ、他人の話にせよ、この場で組み立てを試みなくとも、帰ってから幾らでも時間をかけて出来るし、急に愚かしくも思えて来て、もう少し月光の中を歩こうと決めた。

かなり細い道になるが、峠から尾根を登り出し、一段高いところへ出ると、見とおしがよく、どのくらい時間がかかるか、見えている山はなだらかな盛りあがりで、恰幅《かっぷく》のいい姿をしていた。

夜の山は遠そうに見えても歩いてみると近い場合が多く、一時間も見れば行きつけるだろうと思っていた。幾分の登り下りはあったが、単調な道で、さんざん月光を浴びてしまうと、ただ爽やかな気分だけであった。月は私の斜めうしろにあって、自分の影がいつも前へ前へと進んだ。

その影を見ながら歩いて行くうちに、ひょっとすると、これは自分の影ではないかも知れない、私はこんな形の影が出来る筈がない、そう思われて来た。

それでは誰の影だろう？　そんな工合に、一足飛びには考えは移らず、やっぱりこうして月を背にして歩いているのだから、そして踏みつけようとしてもそれがどうしても出来ないのだから、自分の影には間違いない。

そうなると、月は正直に私の影をつくってみせてくれているとすると、私は自分というものについて大変な思いちがいをしていることになる。暫く立ちどまってみた。腕をひろげ、首を左右に振ってみた。もうそれ以上のことをする必要はなく、また影を見ながら歩き出した。

その時気がつくと、私の登ろうとしていた月下の山、あのがっしりとした山はなくなっていた。

滝

沢を遡り、谷の深さに隠れてしまった頂上を見上げると、まだまだなかなか遠い。大体谷をのぼる時は、そんなことをあまり気にせずに、次第に増して来る勾配に誘われて下ばかり向いて歩き、何となく気がついた時にはもうそこが頂上、あるいは稜線だということが多いのだが、ここはどうも、容子《ようす》がちがう。私は、そんなにむきになって、苛々《いらいら》してまでこの沢を奥までつめて行かなくともいいだろう。それよりもこのあたりの枝沢を少し探検してやろう、つまりもっとはっきり言えば遊んで行こうと思い、さっそく右手の沢へと澄まして入って行った。

山歩きをしていて、こんな風に遊び心を起こしてしまった時には、事もなげに、恰もそれがちゃんと予定してあった行動であるように振舞うことが肝心である。決して迷っていることだの、怠け心が生まれたことを意識するものではない。

沢の入口はやや急で、濡れた岩が積み重なっていた。この分だと、上の方はかなり崩壊がひどく荒れていそうに思えた。そうなると、本谷を辿るよりは遙かに苦労することになるかも知れない。それならそれで、尾根まで出てしまえば、私はずるい登り方をしたことにもならず、好んで困難な登路を選んだことになる。

岩登りに近い真似までして遡って行くと、高さは左程ではないが立派な滝を見付けた。水量は少ないので、滝壺をつくってどうどうと落ちてはいない。そうかと言って、水が岩をつたわって、軽薄な音を立てているのでもなく、まさにほどほどの水が、美しい音をきかせている。この音を聞こうとせずに、がつがつと滝の傍の岩にへばりついて登ろうとしたら、恐らく滝は怒るだろう。私はそんな無神経なことだけはしない積もりである。手拭を流れにとっぷりつけて顔を洗う。これがこういう場所に偶然到着した時の嗜みだと、ひとりで考え、想い浮かぶことを全部やってもいいとさえ思う。川の流れは滝となって落ちる時に、なぜこんなに素晴らしい音を立てることがあるのか。それが、ただ水の戯れとして聞いてしまうのにはあまりに複雑な意味を含んでいる。

　私は山の中での「物」に、特別の興味を持ち出してから久しい。風、雲、雪、そしてこの水の音である。鳥や虫のような生命、あるいは植物のような生命のあり方に関しては勿論以前通りの関心を抱き続けてはいるが、動植物のような生命をそこに見ることのない物が、私に語りかけるその態度は、私には理解が困難であるが、困難であればあるほど興味があり、心が牽かれ、また妬《ねた》ましい。地形学を専門とする学者と、私は何度か滝について話をしたいと思ったことがあるが、私には地形学者の説明をどこまで聞いていられるだろう。そして最後に彼は言うだろう。

「……いつかは滝は死滅する。」

赤い葉

一冊の文庫本を必要があって書棚の上の方から抜き出した。私は文章を書きながら、誰かの文の一部を引用することはあまりないが、その時はどうしてもそれが必要で、埃《ほこり》をはたきながら、仕事をしている窓ぎわへ戻って来た。

引用しようと思っていた文章はすぐに見付け出すことは出来たが、私の記憶ちがいで、役立てるわけには行かなくなった。少々がっかりして、もとの棚へ戻そうと思ったが、久し振りに手にしたその本の頁をめくっていると、一枚のニシキギの葉が出て来た。

その紅色の鮮やかさは失われていたが、長いあいだこの本のあいだにはさまれたままでいながら、すっかりと色褪せてしまうこともなく、何年か前の秋を、その葉自体がよく記憶しているようであった。あれば何年前のことだったろう。旅から戻ると二、三日のあいだ、今では考えられない速力で仕事を片付けて、また出かけていた。歩いた場所をさっぱり忘れてしまうほどのことはないにしても、二つの山旅の前後だの、何日かけて歩いたかというような細かいことになると私の記憶はだんだん不確かになる。

少し高く深い山を歩いた後は、そのまま戻らずに、比較的簡単な峠などを越えるという、これはずっと以前によくやった習慣がそのころまた戻り、このニシキギも、里に近い静か

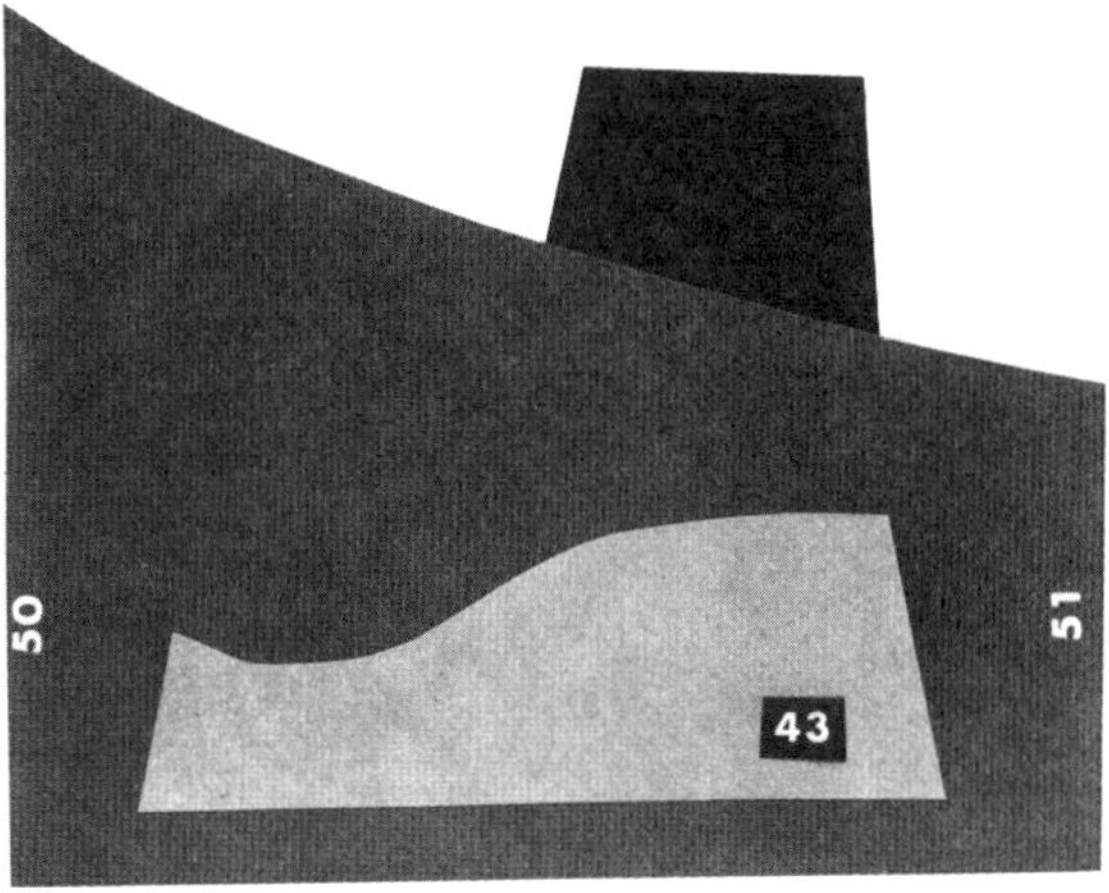
50
51
43

で明るい山道で、拾ったのだろう。いや、そうではない。私は山旅の記念や思い出に、木の葉を拾ったり、石を拾ったりすることはあまりない。この本のあいだから突然あらわれて来た赤い葉を見ていると、こんな記憶が甦った。

それは、一日中、赤と黄色のトンネルのような林の、登り下りする道を歩いて、その夜泊まった宿で何の気なしに上衣のかくしに手を入れるとこの赤い葉が舞い込んでいて、そこで読みかけのこの文庫の頁に挿んだものだった。せっかく偶然に入ってしまった葉をわざわざ捨てるまでもないと思ったのだろうか。私はこのニシキギの葉を、せっかく再びめぐり会ったのだから小型の額にでも入れてみようかと思ったが、そんなことをすると、却っていつか失われてしまいそうに思われ、その文庫本のもとの頁に戻した。この本を高い棚からまた取り出すのはいつになるか。

私の死後、本が整理されて、誰か知らない人の手に渡った時に、その人は全く想像もつかないようなことを考えながら、栞《しおり》につかい、そしてどこかへ落としてしまうかも知れない。

その落とされる場所が土の上であったら、所詮はすべて土にかえるものなのだから、この赤い葉は、それまでにかなり長い年月のあいだ、本のあいだで窮屈な思いをしていたことになる。

そして私がこんな文章を書いたことなどは、赤い葉にとっては何の意味もないわけである。

冬仕度

初雪に出会うことなどを幾らか期待しながら北へ向かって旅をしていた。高い山ではもう当然雪が来ているが、今度は峠を越すぐらいにして、寒い風が吹きつのって行く里の道の方を選んだ。

別にまよってそうしたわけではないが、あっちこっちと場所を変えるのに、鉄道も利用した。

ある駅で列車をおり、駅前から横丁に入って、そのはじめての町を歩いていると、ストーヴの煙突を取りつけているのを見かけた。どこかの会社の社宅なのか、同じ形の、せいぜい二間《ま》か三間の小さい平家が六棟ほど並んでいる、その一つの家の屋根にのぼって、立てた煙突の上の方から、針金を張っているところであった。

隣の家にはもう煙突がきちんと立っていて、屋根にのぼってこうした仕事などをするのには、いかにも不慣れの腰つきの中年の男が、時々その隣の家の煙突を見て、同じように取りつけたいと思っているらしかった。

私のこれまでの経験だと、このあたりに雪が降り出すのには、まだ少しは間がありそうだったが、考えてみると、こうした冬仕度に取りかかるのは少し遅いように思われた。

そうすると、まだ煙突を立てていないほかの家はどうしているのだろうかと、余計な心配をしかけたが、恐らく、煙突を必要としない、石油のストーヴと、電気の炬燵《こたつ》か何かを使うようになったのだろう。

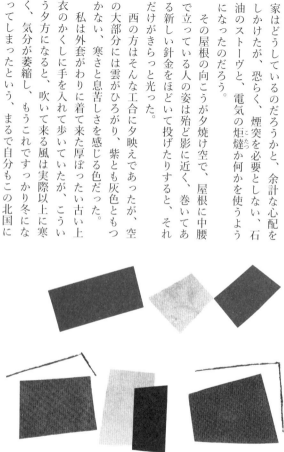

その屋根の向こうが夕焼け空で、屋根に中腰で立っている人の姿は殆ど影に近く、巻いてある新しい針金をほどいて投げたりすると、それだけがきらっと光った。

西の方はそんな工合に夕映えであったが、空の大部分には雲がひろがり、紫とも灰色ともつかない、寒さと息苦しさを感じる色だった。

私は外套がわりに着て来た厚ぼったい古い上衣のかくしに手を入れて歩いていたが、こういう夕方になると、吹いて来る風は実際以上に寒く、気分が萎縮し、もうこれですっかり冬になってしまったという、まるで自分もこの北国に

住んでいる者のような感じを味わうのだった。

　すると、いま屋根を見ながら通り過ぎて来たあの家では、さっそくストーヴに火を入れて、前の晩とはがらっと変わった暖かい暮らしに切り替えたかも知れない。薪を使っているか、それとも石炭をくべているか久々に満ち足りた気持になり、家族揃って夜のお茶なんぞをすすりながら、これで冬の仕度がすっかり整ったと話し合っているのではないだろうか。

　その晩、私はこの町のはずれの、煙草屋の年寄りにきいて教えてもらった古い宿に泊まった。

　暗い電灯の、せまい部屋で、寒くなったらせまい部屋の方が暖かいだろうと言いながら、昔ながらの炬燵を使うのかと訊ねると、三日ばかり前の寒い日にやっと櫓を出したところだと言った。電気炬燵を用意すればいいのですが、辺鄙なところなので……とつけ加えた。

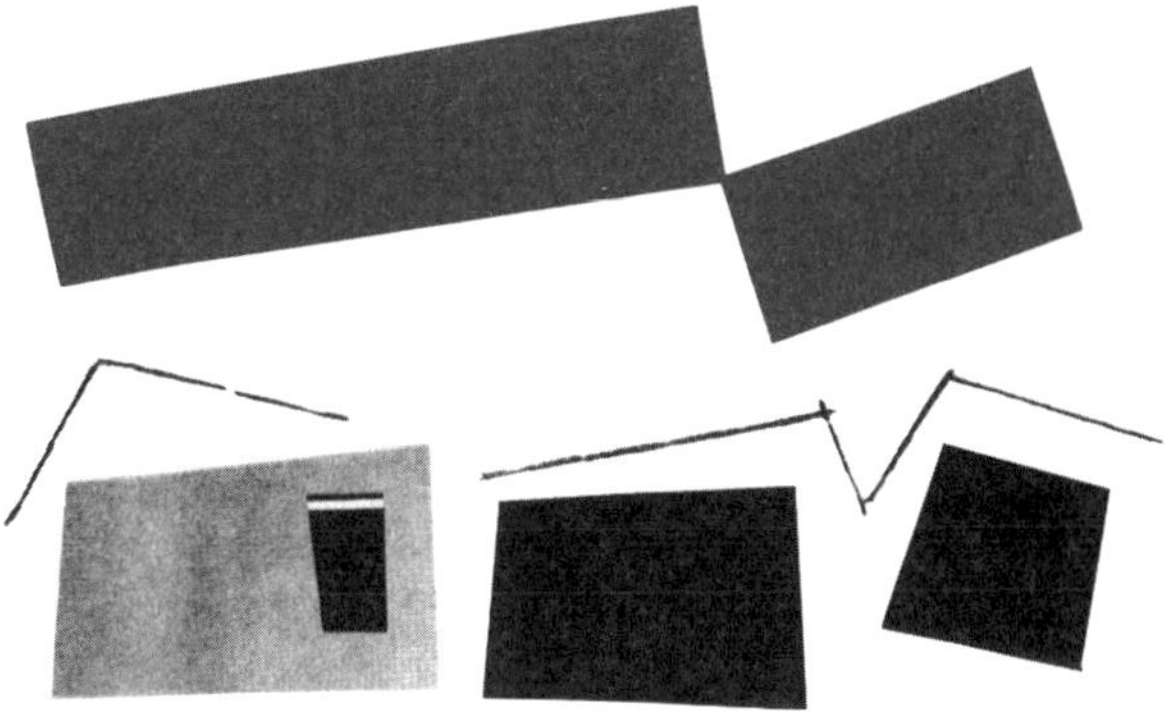

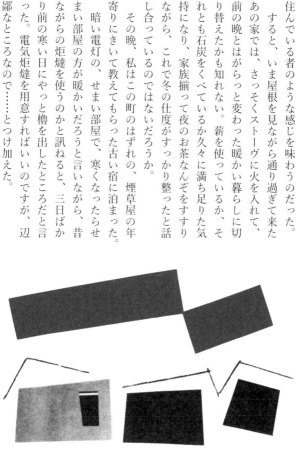

墓地

きれいに晴れた。そのかわり、空気の冷たさも一段と深くなった。しかし昨日たっぷりと降った雨で濡れたものが凍るほどではなかった。外に出ると、予想どおりに山の上部は白くなっていた。ぐずぐずしていられない気分であった。私は上衣をザックの中に入れ、身を軽くして歩き出した。まだ太陽が昇るのには若干の時間があったが、こうして晴れた朝の冷たさは、かえって気持を踊らせ、坂道を登る足を自然に早くさせるものだと知っていた。

段々畑の横の道は、この頃は耕耘機だの作物運搬用の小型自動車を畑の上の方までのぼらせるためか立派にひろげられていた。私はそこを跳ねるように登って行った。早く山みちに入って、ひと汗かきたいと思った。昨日泊めて貰った家で、夜の食事のあと、お茶を何杯もすすめられながら、囲炉裏《いろり》をかこんでこのあたりの話をきいている時、裏の畑の、そこからまた雑木林の道をかなり登ったところに、この村の墓地があることを知った。

死んだ人たちが、自分の生活していた土地を眺めていられるようにと、見晴らしのきく場所を選んであるということだったが、それはこの土地に限られたことではなかった。

私はその墓地へ、十分足らずで到着してしまった。山の上の雪がどの程度に積もっているか分からないので、あまり道草を喰わずに登った方がいいとは思っていたが、いつものことながら、歩きはじめで息がはずむのと、来てみるとなるほど眺めがいいのとで、こんな場所を素通りしてしまうのはあんまりもったいないと思った。

このまま雲一つなく終日晴れ渡っている筈はないが、空気の澄み切ったこれほどの朝は、そう滅多にあるものではなかった。墓地になっているここはそれほど広くはないが、いずれも簡単に持ちあげられそうな小さい墓石ばかりで、その数はかなり多かった。

新しいものが二つ三つ、あとは苔が纏《まと》いついていて、死者の眠りの深さを知らせていた。その眠りはいずれも安らかなものに思われた。この世で出会った人も、見た物も、今はすべて薄れ去って、どんな世界に入ってしまっているのだろうか。

墓石とともにここにとどまって、かつて生きていた土地を眺めていると思うのは、生きている者たちの勝手な願いであろう。彼らの名残りを石と定めてそこに名前を刻んでいるが、その大方はもう読めない。人の願いは空しいものであったが、この習わしだけは崩れない。

墓石とならずに、斃《たお》れたままに終わるのは、この地上の人間の、最後に死ぬ一人であろう。

こんなことなら、山を登りながらでも考えられる。そう思って私は、散り残っている僅かの色付いた葉が朝日をうけてやわらかに輝く中を再び歩き出した。

羊の毛皮

ちょうど一年前、もう正月が間近になった時に、外国の切手がごっそり貼ってある包みが届いた。小包とは言いにくい大きさであった。

私は玄関で、配達してくれた馴染みの郵便屋さんに、御苦労さんというのもつい忘れて、それを受け取りながら、何だろうなと言った。すると配達してくれたその人も、ちょっと気にかけていたような口調で、何だか見当つかないかね、と言って、笑って出て行った。

当たり前のことだが、紙も紐も外国のものであった。私は普段から小包の紐をぶつぶつと鋏で切るようなことはしないが、この紐は特別丈夫であるし、遠い旅をして来たのだから、結び目に爪を立てててていねいにほどき、輪に巻いてから順に紙をひろげて行った。

そこから出て来たのは羊の毛皮であった。まっ白で、早速撫でてみたくはなるが、その前に自分の手を、よごれてはいまいかと見てしまうほど、白くてやわらかであった。

濠洲にいる友だちが送ってくれたもので、私はこれは本場の羊だと思った。濠洲には大昔から羊がいたわけではないので、本場の羊などという言い方はおかしいのではあるが、手ざわりから、うっすらした暖かい匂い、何から何まで、矢張りこれは本物だと思った。

さてこの羊の毛皮を何にしようか、そんなことは考えなかった。私のところに女の子で

bonus

もいれば、洋服の襟や袖口などにつけて、サンタクロースのような服でも作りたがるかも知れない。そういう服が流行しているのかどうなのかも私は知らず、ただそんなことを考えるだけで、毛皮はそのままになっている。年を越してから寒い日が続き、春先になってから雪もよく降った。幼い子供が、毛布の切れ端などをどこへでも持って行き、それがないと不安でたまらないのと同じように、寒いあいだその毛皮を家の中で持ち歩いた。私の仕事部屋は寒いのを知っていて、そんなことを思い出しながら友だちはこれを送ってくれたのだろう。そう思うと、ますます手離し難く、頸に捲いてみたり、膝にのせたりしていた。昔、冬の山へ行く時に、小遣をためて自分で買った羊の毛皮を、どんなに荷物が嵩張っても持って行った。雪のたっぷり吹き込んでいる無人小屋などでは、まことに有効であった。友だちが一緒の時には、ちょっと貸してやりたくなり、貸すと暖かいものだから、くるまってすぐにぐっすり眠り込んでしまって、私はひと晩中、寒さよりも恨めしさのために眠れないことがあった。毛皮の暖かさというのは独特の快さがある。寒さから救われるだけでなく、苛々《いらいら》した気持や、理由のない不安などからも、いつの間にか救われている。

今年もまた羊の毛皮を出す時が来た。毛皮を持ち歩いていても、誰からも、寒がりだ、意気地なしだなどとわらわれない年齢になった。

泉

山を歩いていれば、泉なんか方々で見かけそうなものだが、道を正しく歩いている限り、そう滅多には出会うこともない。

道を正しく、つまり道を見失わないように歩く。これは人によって至極やさしいことでもあるし、また厄介な、気骨の折れることである。道を見失うというのは、多少とも、迷うのを願う気持があるからかも知れない。

道を失って、しまったと思う人は、引き返して考えるが、わからなくなったことが幾らかでもたのしいと思う人は、藪と格闘をし、崖を這いのぼり、沢へ下って一ぷくしているうちに、迷ったためにこんなところに来ていることも忘れてしまう。

すべての山に道がなかったら、山へ登る人の数も少なく、またどんなに痛快だろう、そんなことを考える。

麓で買って来たパンがまだかなり残っている。湯をわかす道具もある。灯の用意もある。それなら、失った道、あるいは別の道を見つけて、山を下ってしまってはもったいないと考える。こういう時に、すばらしい泉を見付けるものである。

ところがこの泉の位置をよく覚えておいて、もう一度訪れてみようと思っても、それは無理である。余程はっきりした目印でもない限り、再度その場所をさがし出すことは不可能である。それがまた一層貴さを増す。

泉のわきの、乾いた枯葉がたっぷりと散り積もったところで、初冬の長い一夜を充分に

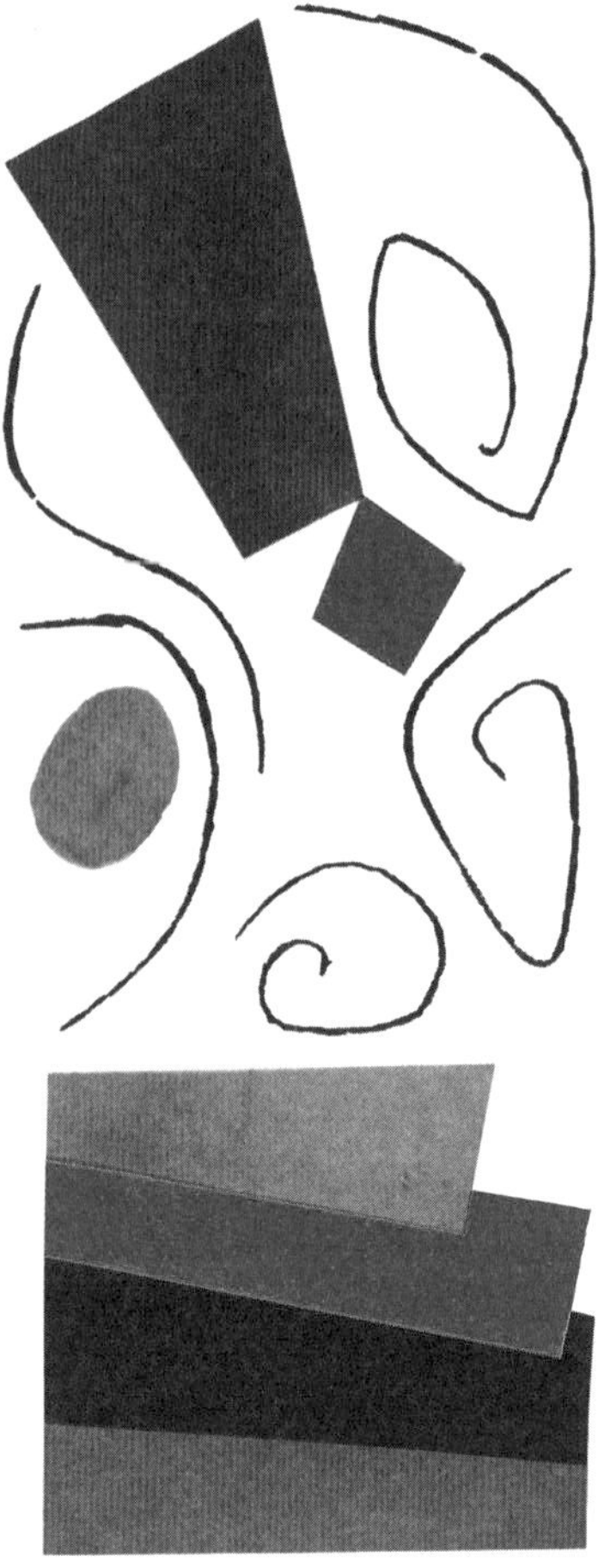